短篇經典文庫

叶弥 六短篇

叶弥 著

海豚出版社

图书在版编目（CIP）数据

叶弥六短篇 / 叶弥著. —北京：海豚出版社，2014.6（2024.4重印）
（短篇经典文库）
ISBN 978-7-5110-2090-1

Ⅰ.①叶… Ⅱ.①叶… Ⅲ.①短篇小说－小说集－中国－
当代 Ⅳ.①I247.7

中国版本图书馆CIP数据核字（2014）第114179号

总发行人：王　磊
策　　划：林建法
责任编辑：慕君黎
美术编辑：吴光前
责任印制：蔡　丽

出　　版：海豚出版社
地　　址：北京市西城区百万庄大街24号
邮　　编：100037
电　　话：010-68325006（销售）　010-68996147（总编室）
印　　刷：涿州市荣升新创印刷有限公司
经　　销：全国新华书店
开　　本：32 开（680毫米×950毫米）
印　　张：5.875
字　　数：72 千
版　　次：2014 年 10 月第 1 版，2024 年 4 月第 3 次印刷
标准书号：ISBN 978-7-5110-2090-1
定　　价：41.00 元

目　录

独自升起

一

　　三状元弄地处吴郭市中心，是闹中取静的范本。弄堂外面一片喧闹，弄堂里面是鸟声虫声听得清清楚楚，究竟有多少种鸟儿，有心人数过，反正不少于二十种。至于会鸣叫的虫，对不起，没有人会去数了。老虎灶一天到晚烧着水，烧秸秆的噼啪声都听得见。老虎灶后面有一条清水河，据说通着蓝湖，蓝湖涨水时，也听得见它潺潺的流水声。小河浜照见鱼影，照见人影，水边一溜树影一年四季都顾影自怜。临水照影的还有洗衣妇，当然是在水面平静的时候。

弄堂口窄小，只容两人侧身而过，两边的墙上爬着牵牛花，牵牛花枝繁叶茂，牵牵挂挂，占了不少时间，又占了不少空间。——慢说，占了空间是对的，怎么说占了时间？因为走过路过的人，毕竟都要多看它旺盛的样子。这么窄小的弄堂口，一错眼就过去了，谁知道这么一个不起眼的口子里竟装着精致的亭台楼阁，一条小河，两座石桥，一片枫杨树林，一个老虎灶……出过三位状元。嘉庆年两个，道光年一个。

弄堂里有一个基督教堂。

道光年的那个状元，住在巷子口，家里就是一座私家园林。他与基督教渊源颇深，某年某日把自己宅后的大院子捐给了基督教，教徒在此建了一座基督教堂，里面挂着十字架，到了礼拜天，教堂的颂诗声和弄堂里佛教徒的木鱼声糅合在一起，错落有致，彼此和谐。

到今天，巷子里还有关于以前生活的一鳞半爪的传说，说是从状元家到平头百姓，过的都是凡人生活，于穿着上面都不太讲究，讲究的是吃喝。风门外有二十四座冰窖，工人冬天在蓝湖中间的水段上取了冰藏着，到了夏天吃冰的时候，三家状元府里轮流给诸位邻居家里送冰。那些邻居们但凡家里有好吃的食物、好看的时鲜花卉，也会送上门去，一年四季不断。大家见了面寒暄，管他是大学教授还是绘画大师，管他是卖草席的还是站柜台的，都讲究谈吐风雅。语速缓缓，说天说地说心情，就是不轻易臧否人物。

这些生活属于过去，都不是现在的生活。

二

现在，阿当和往常一样站在巷口11路汽车站边上，整个吴郭城只有这一辆公交车，今天，他的童养媳阿桃从乡下进城，先是坐船到吴门菜市场码头，再从那里坐11路公交车到三状元弄。这里是市中心，也是公交车的终点站。

阿桃姓夏，她的隔壁正巧也住着另一位阿桃——顾阿桃。顾阿桃的屋子里养着一头又脏又臭的大肥猪，屋子里还拉满了绳子，就像晾衣服一样挂满毛主席的画像。去年的"国庆节"，她还上了天安门城楼，同毛主席一齐观礼。虽说她不识字，但她能把毛泽东的"老三篇"倒背如流。她背诵时的声音又尖又急，就像生孩子一样。她老公一心想揍她，希望她安心在家里做家务，可是他不敢。

阿桃总是吃过午餐再来，她不是那种喜欢到人家家里蹭饭的人。大清早，她嗯啊嗯啊踩水车，踩完水车吱呀吱呀挑担子。挑到运菜的船上，把带来的饼吃掉一个当午餐。进了菜市场，把菜交给别人去处理，她就去坐公交车，到三状元弄时就是下午三点左右了。阿当从早上一直站在车站没动，手里捡了一大把公交车的票根。

童养媳其实早就嫁人了。这门亲事是阿当的爷爷替他订下的。有一次爷爷到乡下收租回来，带回一个不到十岁的小女孩，说这小女孩可怜，没有父母亲了——和阿当一样。与其让她要饭，冻死饿死在路上。不如让她带阿当吧。阿当看上去是个先天傻，她要是愿意，就给阿当当媳妇。

没想到吴郭城一年后就解放了，阿桃在解放的歌声里长大成人，这回是居民委员会替她应了一门亲，就在白菊湾的白鹭村，男人是个解放军。

从她嫁人的那一天，阿当就每天站在车站等她。阿当的丈夫是一位军人，这位军人纯粹出于同情心，对阿桃说，我看阿当也可怜的，父母亲死得早。状元的后代，祖上多少风光，现在好房子好家具全被别人用着，孤身一人住在灶房。要不你去看看他吧。

所以，阿桃一个月进城两次来看阿当，但阿当每天都站在车站里等她。

阿当是个特别安静的人，这种特别的安静是家族遗传的病。吴郭城的名医说，这种病叫闭心症。只有贵族才会得这种病。现在已经没有人得这种病了。现在的人大多有狂躁病。

他从六岁就站在车站上等阿桃，等到六六年的六月六日，他满十八岁了。阿桃二十六岁。

车站对面是全市仅有的一家日夜商店，还有一家电影院，也是全吴郭仅有的电影院。十年路上生活，阿当几乎认识全吴郭的人，包括婴儿和长大以后的婴儿。有人不服，指着走过来的一位妇人问阿当她是谁。阿当说，她去年夏天到日夜商店买东西，从公交车上下来是下午五点，最后一班车。穿的是天蓝色裙子，下车时候裙子下摆夹在屁股沟里，她自己还不知道。满车的人看着她笑。

这妇人听阿当这么说，脸羞红了，匆忙骂了一句神经病，然后切中要害地对阿当说，你不是个傻子吗？人家都说你是傻子。傻子老站在这里干什么？她也听说这傻子站在这里干什么，一步紧逼一步地说，你站在这里等癞蛤蟆吧？阿当得了意，转脸对别人说，他确实曾经认识过一只癞蛤蟆，那只癞蛤蟆住在车站墙根边的一只砖洞里，一到春天它就出来了，然后就不见了，再然后，初冬时又回到这里。它还带回来一只一同住……哦，是认识两只癞蛤蟆了。大概五年以后，它和它同住的那位一块儿不见了。有一次，他到柳巷去，看见它的伴侣在石桥边的石榴树底下，有一只癞蛤蟆和它在一起，但不是住在车站墙根边的那只。那只住在车站墙根边的就一直不见了……

这妇人看看边上的人，她的原意是想同大家一块发笑。但看着大家的脸上都露出钦佩之色，没有一丝一毫讥笑的样子，只好又骂了一句，神经病。急忙离开了。这次骂的不仅是阿当了。于是有人说，她骂的是阿当，不是我们。

他们忽然变成那妇人的同谋，一齐指着阿当说，你等的是癞蛤蟆。哈哈，一个人，会认识癞蛤蟆，他不是神经病，他是撒谎胚。阿当听大家如此说，只好哭了。他们不知道，一个极端安静的人，他的世界是放大的，别人看不见的细微东西，只有他能看到。别人无法分辨的东西，他能辨别。别人感知不了的东西，他能意会。

好在阿桃从不认为他是精神病，更不认为他是撒谎胚子。阿桃说，听老人家讲，没有人时就有了河，有了树，有了癞蛤蟆。认识一只癞蛤蟆又有什么大惊小怪的。于是大家又说，阿桃这是红杏出墙了，你想，老是见面，能干净吗？没有人能吃烧饼不掉芝麻的。

三

见了面，两个人交换手里的东西。阿当照例是手上一沓子票根，阿桃带来了晚熟的杨梅。杨梅是她家里长的，有个奇特的名字叫"浪荡子"。

阿桃说，你最近过得怎么样？

阿当说，你最近过得怎么样？

两个人相视一笑。

阿桃把她的扁担放到马路沿子上，两人坐在扁担上，一个去玩票根，一个去吃"浪荡子"。阿桃的扁担就像瑞士军刀一样用途多样，可以挑担子，可以防身，可以当凳子，可以当衣服和毛巾的架子，还可以当拐杖。它还有数不清的用途，有待于在实践中发掘。

阿当吃东西吃得十分缓慢，今天比往常更慢，四十多只杨梅，他吃了快两个小时了。阿桃也不催促他，有一句没一句地和他说话，说自己的两个孩子如何顽皮，比阿当小时候还顽皮。她不着急，只要赶上五点钟的末班车就行，村民在菜码头上要到六点才摇船回家。

忽然马路上来了一群人，唱着《国际歌》，手里拿着枪或者毛主席语录本。他们像潮水一样涌过来了。阿当说，是不是上谁家吃晚饭的？

三状元弄没有人家请吃晚饭，这群人是来请三状元弄吃家伙的。三状元弄的弄堂口太小，他们中间有人拿出炸药，"轰隆"一声，三状元弄豁口大开。阿当指着地下说，哎呀，它还在。废墟里滚出一只硕大的癞蛤蟆，转转眼珠朝人少的地方跑了。

阿当看完癞蛤蟆，一错眼的工夫，已经被人潮裹挟着进了弄堂，来到教堂。他住的灶房就在教堂边上。他想，这么多人，不会都是来看我的吧？

这么一想，他就转眼去打量身前身后的人。一看，把他们全认出来了。虽说他们与以前不太一样，一个个声嘶力竭，上下蹦跶，身体扭曲，脸孔变形，但他还是一眼就把他们全部都认出来了。他们有的是某年某月从电影院里出来和人吵架的，有的是躲在暗处偷看女人的，有的是在墙根小便的，有的是在街上放声唱歌的，有的是走着走着突然暗笑起来的……他不禁笑出了声。

刚笑出一声，他就愣住了。他看见阿桃和几个人一齐掉进了小河里，她那根万能的扁担在空中跳了一卜栽到水里。阿桃从小在他家里长大，嫁到夫家以后也没学会游水。阿当的行动猛然变快，凶狠无比，几步就到河边了。他感到吃下去的杨梅都被他颠到喉咙口了。河水映照着灯光，闪闪发亮，亲切召唤他跳下去救人。可惜他与阿桃一样，从小就不会游水。落水的人，除了阿桃，一个个都爬上来了，阿当拉住他们一个个地求，求他们救救阿桃。但他们非常干脆地说，滚你妈的蛋，革命要紧。

革命，就是火烧小教堂。

小河水倒映着冲天火光，纹丝不乱。阿当在河边一圈一圈地走，河水就像一匹缎子，把阿桃隐藏在里面。阿当说，阿桃，你快点出来，我要是重新吃杨梅的话，只要半分钟，就把杨梅全部吃光，吃光了你就走。不会碰到这些人，不会掉到河里面。我是想留你，才慢慢吃，慢慢吃……我怎么不吃死呢？

阿桃就像听到他的话了，"咕噜"一声从河里冒出来了，脸是朝下的。

这条河，再过一个月吧，桃花水母就游

出来了。这些美艳无比的腔肠动物真像是水的精灵，阿桃年年都要回来看的。现在，穿着水红色衣裳的她像一只巨大的桃花水母，浮在水面上。

四

　　三状元弄的弄堂口，现在大得能开进卡车。第二天上午，又有一批人进巷子烧小教堂，昨晚的火已经熄灭，革命还没有彻底。这一次他们不仅放火，还朝教堂内的甜水井里撒尿，把修士赶跑。随着第二次火光冒出，巷里出现了惊人的一幕：无数的蝴蝶从四面八方飞起，在空中形成一个飞毯，飞毯缓缓朝小河对岸移动，那里有一些零星的农田。从昨晚开始，鸟儿就陆续飞走，这时候剩下的一些鸟儿跟着蝴蝶群，它们不是赶着吃蝴蝶，而是大难当头，只好共用一片天空。一刹那，所有的蝴蝶都飞走了，鸟儿们飞得更远。

被火烧走的除了蝴蝶和鸟儿，还有琴声、木鱼声、蝴蝶、笑容，还有阿当的记忆。

这天，阿当又站在了11路汽车终点站上，发呆片刻之后，回过神来，发现路上的行人一个也不认识了。他们说着尖锐急促的一种语言，脖子里青筋毕露。他隐约地觉得害怕，回到巷子里，窗子后面的邻居们，他也一个不认识了。

东西他还认识。譬如他栖身的小灶屋，枕头下那把唯一祖传的扇子，是清宫画师戴洪画的，矾红的扇面上开一支碧桃，他一直把它当成阿桃的化身。枕头边放着一张照片，后面写着一行小楷：爸爸和妈妈，但他怎么也想不起，自己曾经有过这副模样的爸爸妈妈。他搂着扇子睡觉了，浑身打颤。天还没亮他就起身，走在空旷的巷子里，巷子两边的屋子里仿佛全是妖魔鬼怪。老虎灶的老王，已经在忙着烧热水了，灶间里全是虚泡泡的木刨花，散发着木头的香味。他招呼阿当说，进来坐坐，喝杯热水。

阿当犹豫了一下，鼓起勇气问，你到底是谁？

老王说，什么？

阿当说，你们到底是谁？从什么地方来的？占了我们的地方。原先的人到什么地方去了？是不是都像阿桃一样掉水里淹死了。

他说完就跑。老王在后面叫得急，他就愈发跑得快。

他跑到河上的小石桥上，过了这顶小桥，是一片菜地。一大片菜地，空无一人。忽然他从小桥上滑到水里去了。一进到水里，他的耳朵和嘴里咕噜咕噜地进水，他大睁着眼睛，看到无比清澈的水流，阳光从水面上透过来了，这是清早第一缕阳光呢。他还听见谁在喊，快来人啊，阿当掉水里了。

他们也知道我的名字？他这么想。

这时候他还不觉得憋闷。眨眼他就到了河底，双手摸着河泥了，河底令人不快，视线很差，味道也不好，泥浆如烟花一样向上弥漫。这时他心中开始烦闷。烦闷是一只快要爆炸的圆球，从胸腔产生，一直朝鼻管里冲，他要呼吸到新鲜空气，才能阻止圆球的爆炸。他慢悠悠地转动脑袋，一边摸着河底，一边朝一个方向移动，他的手摸到了一堵墙，跟着墙升了上去，头露出水面，像初升的太阳一样鲜润。他大大地吸了一口气，一转身，看见倒塌的教堂，这才知道，自己从烧坏的墙洞里游进了小教堂，教堂后院的水池，通着外面的河道。

五

阿当从此就消失了，生活里危机重重，没人对他过多地怀念，大家都说，他是淹死在河里的，找他的阿桃去了。

但是阿当从来没有离开过三状元弄，他从地上转移到了地下。教堂里有暗门，他听他的爷爷说过，暗门里有个地窖，可躲避灾难。他找到楼梯下面的暗门，找到地窖，看见一张小床，床上干干净净，放着小被子，小枕头，还放着一尊木头基督。

他突然认出基督来了，他想起第一次在雕刻师井水亮家里见到它时的情景，这是他现在唯一认识的一个人了。他热泪盈眶，拿起基督，基督的头差点掉了下来，这是被人不小心弄坏了才放在这里的，他想。这不要紧，要紧的是他认识基督，基督当然是聪明的，他也一定认识阿当，那么他们就是彼此认识了。

他就这样从此生活在地窖里了，与断头基督在一起。夜里他会过了桥到河对面去找吃的东西，只要不担心没东西可吃，就会有东西吃。

人都说他痴。人不知道，痴子有痴子的世界。只有一个差别：人是知道了才做，痴子是做了才知道。

过了半个多月，他离开地窖出远门。路还是认得的，他顺着一些认识的路，一直走到白菊湾的阿桃家。他这才知道，是要看见阿桃，这世界没有他认识的沽人，只有阿桃一露面，他的难题就解决了。认识阿桃，那就会认识阿桃的丈夫和小孩、爸爸妈妈、爷爷奶奶、叔叔舅舅、同学朋友……慢慢地，从这里开始，像太阳光辐射大地一样，认识全世界的人。因为全世界的人都和阿桃有关联，这是他在11路车站十年等候的心得。他在阿桃家周围徘徊了十几天，没有等到阿桃，也没有他认识的人。他最后只好想，莫非阿桃真的死了？淹死在教堂边的小河里。

世界上的语言也变化了，语速越来越快，开始他还能分辨出一些话，活畜生、杀千刀、剥皮货、枪毙鬼……这些刻毒的话虽说陌生得很，但字字清晰，还能听清。后来连人的话他都不能分辨，大家嘴里说的话莫名其妙，话速快不算，一句话往往只说开头一字和结尾一字，或者取中间的几个字眼，不是同道中人，不能听明白的。

阿当只好再回到他的生活中来。

他原先的生活以11路公交终点站为主体，等待一个月与阿桃两次见面，现在要以地窖为主体了，与阿桃的见面也是不可能的了。他克服了最初的恐惧，开始打量眼下的生活，想一想自己想做些什么。

以前，三状元弄是闹中取静，现在地窖是闹中取静。他的耳朵里整天听着三状元弄里的喧嚣，不知道弄堂也有今天这样嘈杂的日子。戴洪画的碧桃扇子还在，这就是阿桃，他天天与阿桃睡在一起，但这还是不够的，必须还要做些什么。

这个小地窖挖成一个四方形，看上去让人心情不至太坏，如果是长方形的话，就没有这种效果。教堂后面是河水，所以地窖也是潮湿的，但是这里不会长出青苔。累积的潮湿体现在物件上，就表现出滑腻腻的特征，就像黏合剂似的，伸出两根手指一摸，两根变一根。当然这话有点夸张，可也大差不离。

地窖里有什么呢？床、梯子、小桌子、水盆、碗和筷子……阿当看来看去，地窖里只有一样东西对他来说是新鲜珍贵的，那就是木头耶稣。雕刻匠井水亮打造它的时候，还在院子里烧了香，因为井水亮是佛教徒，井水亮在菩萨面前再三祷告，说，他是全城最好的木雕师傅，有人求他做这木像，他是不能推辞的。基督教堂除了十字架，不挂任何偶像。他们做这木像派什么用场，谁也不知道。也许放在卧室里早晚都看看吧。不管怎样，他是不便推辞的。最好的就是最有平常心的。

这木头不是名贵的木材，叫做水黄杨。质地不太细密，纹路也不好看。但是雕工极好，意境也到了。耶稣双臂平伸，有点御风而行的意思，袍子上的皱褶是井水亮的拿手好戏，刻得真是"吴带当风"。耶稣的表情不喜不怒，眼里流露出超常的平静。但他全身上下都笼罩着慈悲和忍耐的光彩。以一个东方人对痛苦和爱的理解，与西方的原产地不差多少。这就是大师手笔。

可惜这木头不是很坚硬的，它有点软，有点脆，木质有点松。所以在某个不小心的瞬间，耶稣跌断了脖子。其实公正地说，脖子断了一大半，还有一小半是连着的。阿当仔细地察看断裂的地方，断口斜斜地，从脖子前面开始到颈后，后面没断，可也岌岌可危。耶稣现在只能躺着，只要把它扶起来站着，它的脖子就要完全断裂。一大块锯齿状的外皮盖着断口，放在那儿不动它，还看不出来。

阿当把它放在自己的衣服上，它就像一个婴儿一样，躺在小桌子上。阿当把碗里剩下的几粒米饭一股脑儿粘在它的伤口处。

它一动不动，以这种姿势躺了十年。

十年的时间里，它非但没有受到损伤，它的伤口竟然合起来了。——原来养好一段伤口，是要十年时间的。

阿当是在无意中发现这一奇迹的。它的断口处黏糊糊的，这里，曾经沾过几粒米饭，曾经有蜗牛爬过，曾经有鼻涕虫爬过，还有泥尘从头顶上恰好掉到这里，它还曾经渗出木液和木胶，又以某种我们无法得知的神秘方式把水分和胶质吸了回去。也许有某一只蜗牛死在它的伤口里了吧?所以它的伤口竟然略微鼓了一点出来。阿当不知道,他从来不去动它。十年的时间,对于一个极其安静的人来说,没有什么难过的,简直是弹指一挥间。

他极其小心地把耶稣从衣服里扶起来,站在桌子上,它带着一身黏糊糊的无名物质,果敢地站着,纹丝不动。他几乎可以听见耶稣说,谢谢你!

它就这样在桌子上站着,阿当在黑暗里看着它。别人是知道了才去做,他是做了以后才知道。但这次破例,他做了以后也不知道。

这是一九七六年的事,外面经常有锣鼓庆祝声传进来,人们叫喊着:打倒四人帮,人民得解放。有时候还能听见一些美妙的音乐声,但这些都与阿当无关,他苦苦思索一个问题:耶稣的脖子为什么连起来了?

六

阿当做了一个梦，梦见耶稣身后升起一轮鲜红的太阳，随着太阳升起，他也慢慢升到了空中。醒过来，他想，许久没有看见太阳升起了，这是耶稣让他去瞧瞧太阳升起。

开门那一刻，他迟疑了一下。要是像梦中一样升到空中怎么办？岂不是要跌死？

开了门走进教堂，从教堂正门走出去，十年中他还从来没从正门出去过。教堂支离破碎，蛛网遍地，那口甜水井压上了一块大石头。他从教堂门出去的时候，有几个上菜场买菜的女人看了他一眼，但没认出他就是失踪的阿当，阿当也认不出她们。太阳还没升起。他走过去站在11路汽车站上，它不是终点站了，车牌上写着一个名字陌生的终点站。

他在车站上站了很长时间，这一天，成了他新生的一天，因为他看见一个与阿桃长得很像的女人从车上下来，径直走过他身边，走到三状元弄去了。正当他十分惊诧之时，又有一个奇迹发生了，他认出了所有的人——时隔十年，所有的人他还都认识。

　　原来一切，都与阿桃有关。

　　写于2013年7月8日至7月15日"五味园"

猛　虎

一

　　刘家母女乍看上去像一对姐妹，一样高的身材，一样的短发，笑起来左边的嘴角上都有一个米粒大小的酒窝。两个人真像一只笼子里蒸出来的两只馒头，只是母亲略瘦一些，肤色也略黄。

　　熟悉她们的人说，两个人的差别其实还是很大的。母亲妖娆，女儿娇憨。女儿成天"吱吱喳喳"地说话，热闹得像一只小喜鹊。母亲却不爱说话，她喜欢用眼睛瞄啊瞄的，瞄准一个目标，嘴角一动，那米粒马上现出来了。

目标基本上都是男人——熟悉的男人，彼此间有一点点暧昧的好感。不多，就一点点，不会有任何多余的事情发生。

母亲的体态也会说话，她走起路来肩膀不动，用腰肢带着臀部扭，臀部扭得像水波一样，经常有男人在她的身后眼巴巴地瞧……瞧着瞧着，弄不好就被自己的女人发现了，一个耳光打上去，连打带骂："做什么？想动人家脑筋？也不看看人家是什么人。人家是良家妇女。"

对于男女关系的处理，这世上大致分为三种人：一种是只说不做的，一种是只做不说的，还有一种是又说又做的。母亲是第一种，就是说，她看上去是个荡妇，其实什么也没做。至于为什么她喜欢做出这样那样的姿态，纯属个人爱好。

这条街上，有一个老单身汉，对母亲入了迷，常常跟在她后面。母亲不和他说话，也不害怕。有一次，老单身汉跟在她后面，不知为什么，突然对他目前的生活绝了望，一头撞到墙上，撞得头破血流。众人发一声喊，围上前去。母亲袅袅婷婷地转身看一眼，不动声色地又转回去，仿佛全然与她无关。

老单身汉从此就搬走了。

所以，尽管母亲有着这样的个人爱好，这条街上的女人，内心对她并不厌恶。因为她们看见，母亲一到家里就里里外外地做家务，是丈夫和女儿的贴心保姆。不出家门的时候，她也是蓬头垢面，筋疲力尽，和她们没有两样。

母亲叫崔家媚。女儿叫刘海香。

看人不能光看外表。母亲崔家媚是个良家妇女。但是她的丈夫却对她说："家媚……有合适的人，你找一个去。"

母亲不说话，只顾做自己的事情。

丈夫有点心惊胆战了，问："我已经这样了，我还能怎样呢？"

母亲说："对我好。"

丈夫暗地里叹了一口气，想：好，好这个字是太大了。

丈夫害怕妻子，一般来说，只有两种情况，一种是丈夫在外面拈花惹草，另一种是丈夫力不从心。崔家媚的丈夫是后一种：他有病。

崔家媚多少丰润生动，她的强悍是藏在安静里头的，难怪丈夫害怕她。丈夫让她到外面找一个合适的男人，也是真心的话。

丈夫是个中学语文教员，长年病休在家。他是个江南才子，才子喜欢漂亮女人，他当然喜欢他漂亮的老婆。不过，他更喜欢女儿的性格。如果让他造一个完美女人，那就是他老婆的风韵加上他女儿的性格。

女儿刘海香生着一张好脸，却是傻傻憨憨的。除了爱说话，"吱吱喳喳"地像一只喜鹊外，她还爱吃零食。她需要嘴里常吃着零食，不然的话，她的灵魂便无法安置。

这两个特点是母亲没有的，偏偏父亲喜欢这些。

父亲认为，一个女人如果喜欢说话喜欢吃零食，那么就说明这个女人是没有城府的，所有的男人都不必提防她。父亲是江南才子，江南的男人包括才子都不喜欢有城府的复杂的女人，那样的女人具有土性，而简单的女人是水性的。水性而略略杨花，是江南男人对女人的审美趣味。明清江南的妓女，提供了这一审美范本。

刘海香的父亲，当然也姓刘，大家都称他为老刘。病怏怏的老刘，一看见崔家媚，他的心里就忐忑不安，他对她既害怕，又总觉得要提防她什么。他对她已经没有爱了，因为她一直给予他压力，而他却一点压力也给不了她。他们是不平等的。

他不喜欢强悍而固执的女人。

女儿刘海香是他的最爱，对女儿，他有着种种可观的小手段。

"来，让爸爸摸摸小腰。"他摸摸女儿的腰，发出感慨，"拼命地吃，居然吃不胖。这小腰，最多也只有一尺七寸半。"

拍拍膝盖："来，坐过来。让爸爸香香额头。"刘海香刚洗过头发，刘海有点湿，有点香。做爸爸的亲了一下，又亲一下。

他们又笑又闹的时候，崔家媚忙得走来走去，正眼都不瞧他们，恍若未闻，既不喜，又不忧。到明天，她还一如既往地陪着女儿上街去买衣服，像一块招牌一样，走着她那闻名遐迩的步子，好像生活里有许多需要她摆出这种姿势的理由。

从外表望不到她的内心。

刘海香已经二十八岁了，二十八岁的人，还被父亲又摸腰又亲额头。她根本没有长大，她感兴趣的只是哪一种牌子的瓜子好吃。她没有卫生巾的时候，就在卫生间里大叫：

"爸，救命，我卫生巾用光啦。"

老刘马上下楼去给她买。

洗澡洗到一半，也会叫起来：

"爸，给我把胸罩和短裤拿来，放在我床上粉红色的那一套。"

有时候，她也想到要去交一个男朋友，一想到此，她就说：

"我要找一个像爸爸那样的。爸爸是天下最好最漂亮的男人，可惜被妈搞到手了。"

老刘也总是这样回答："我家海香谁配得上？我家海香还小呢。"

他们似乎听见崔家媚一声冷笑，但回过头去看，见她正忙着，一副与他们隔得很远的样子。

二

刘海香终于出嫁了。她出嫁的那天，老刘哭得像个女人一样。刘海香嫁的丈夫叫王小弟，王小弟的伴郎是王小弟的堂弟王小鹏。王小鹏诧异地对王小弟说："你这老丈人有点娘娘腔吧？你看他哭得像家里死了人似的。"王小弟一看，情况属实。王小弟再一看，发现他的丈母娘也有些不对头，对来客热心得过了头，对出嫁的女儿却不管不问。

新婚之夜，喝得醉醺醺的王小弟决定给

刘海香一个下马威。

"刘海香。"他用手指点着刘海香娇嫩的额头，"你真的姓刘吗？"

刘海香鸡啄米似的直点头："真的真的。"

"这么说，你爸爸是你的亲爸爸？"

刘海香紧张的情绪放松下来，娇笑了一声，说："当然是我的亲爸爸。"

王小弟继续推理："亲爸爸是不可能强奸亲女儿的。你说对不对？你说对，好极了。那么你的妈妈是你的亲妈妈吗？"

刘海香犹豫地说："是、是的……是的。人家都说我们长得像……像一只笼子蒸出来的两只馒头。"

王小弟觉得应该结束谈话了，今天他是新郎，作为新郎，他要向新娘讲点别的什么，但是他意犹未尽，于是他又说："我看你的妈对你就像后妈一样。她这种样子，你以后少回娘家。"

刘海香说："王小弟，我看你就像我的

后妈一样。"

三

　　刘海香出嫁了，家中就老刘和崔家媚两个人了。两个人，一个病人，像一张枯干的树叶；一个女人，像一条丰沛的暗流涌动的河流。树叶老待在阳台上默默地朝楼下面看，河流每天都打扫卫生，清理掉女儿留下来的一些杂物。她是不是想最大限度地清除掉女儿的气息，连她自己也不能确定。

　　忙碌了几天，家里像是大了一些，她又去买了两盆茉莉花放在家里。老刘闻不到茉莉散发出来的香味，还是说："我不行了。我预感到离彻底不行只有个把月了。家媚，你到外面去找一个吧。我保证不吃醋。"崔家媚说："我是个良家妇女，我不会干那些勾勾搭搭的事……再说，你不吃醋，我干那些事有什么意思呢？"老刘想了一想，觉得应该说得有点趣味，就说："我希望你幸福。但是，一旦你真有人了，我还是要吃醋的，你信不信？不信的话，你可以去试一试嘛。我保证吃醋。"崔家媚的眼睛红了一红，声音也不由自主地大了一些："我们这么多年的夫妻了，你是知道我的为人的。"老刘惊奇地看到，崔家媚的眼睛在说这句话之前就不红了，她恢复正常的速度令人惊叹。现在，她的眼神波澜不惊，眼皮上清清白白。老刘怀疑刚才是不是看错了。

女儿一走，老刘觉得有些不习惯。准确地说，是与崔家媚两个人单独在一起不习惯。他能和崔家媚在一只枕头上睡觉，用一只汤勺子舀汤喝，就是不能和崔家媚待在一间屋子里，不说话还好，一说话，他就感觉难受。所以，他尽可能地待在阳台上，朝楼下面张望。有时候他看见长得像女儿的女孩子，在楼下面青春活泼地走动着，他忽然地就会淌出眼泪。眼泪淌在脸上，他屏住气悄悄地擦去。

崔家媚自从女儿出嫁后，一天到晚嘴里

不停地说话。她说："老刘，我们什么时候旅游去。近一点，到杭州去。我穿上那件紫红色连衣裙。我还有一双紫红的皮鞋和裙子相配。"

老刘想，我跟你不相配。我穿什么衣服？你光想着你自己，把我放在什么地方？

崔家媚又说："老刘，我们去拍一套结婚纪念照。一楼的林阿姨跟她的老头子也去拍了，林阿姨拍得像三十几岁的人，又年轻又漂亮。"

老刘决定不再把话闷在肚子里，他说："那林阿姨的老头子拍得怎么样？我看不会好的。"

崔家媚沉默了一刻，决定把话朝另一个方向引："好了。我们不说这些了。今天晚上我们到路口的饭店吃晚饭。"

老刘说："我不去。饭店里的饭菜油腻，我不爱吃。我吃了要倒胃口。我本来就有病，你想害死我呀？"

"晚上我不想烧饭，你不去的话，家里

没饭吃。你饿死吧。"

"我宁愿饿死。"老刘说了这句话以后，连忙跑到阳台上，坐到他那把老藤椅上。还好，崔家媚没有跟过来继续劝导他。他听见女人"悉悉"地穿了什么衣服，把大门关上走了。他拍着心口，长吐了一口气。他是怕女人的，有各种理由。他的女人健旺得可怕，他希望女人把他晾在一边不要多管，哪怕她在外面找男人，一个也好，两个也好……但是他恰恰不能如愿。女人要做贤妻良母，讲到外面去，谁也不会说她是借此与丈夫对抗。

老刘不知不觉地歪在藤椅上睡着了。睡了一觉，醒过来已是天黑。他拿起电话给女儿打了一个电话，女儿刚在那头说了一个"喂"字，他就激动得浑身一颤，马上耳目清凉。"乖女儿，好宝贝。你在做什么呢？"那头说："爸爸，我跟王小弟在沙发上打架。他拧我屁股，我就拧他的脸蛋。他拧我的脸蛋，我就抓他的裤裆。"老刘一个劲地说："好好好。你做得好。只要你过得好，我就高兴了。"那头又说："爸爸，我给你唱两句……只要你过得比我好，过得比我好……"老刘听见楼梯上有脚步声由远而近，马上打断女儿："好听好听。乖女儿以后再给你爸爸唱吧。你跟王小弟好好打架，把他打得浑身青一块紫一块。"他在刘海香"咯咯"娇笑中搁下电话，而后听见脚步声朝楼上去了。

　　他心不在焉地给自己弄泡饭吃，他喜欢女儿，因为女儿像他，心思是浅显的。现在，他嘴里嚼着饭粒，食不下咽，心里悲哀着。因为他回想起来，他和崔家媚从来没有像小孩子一样打打闹闹。那么当初他喜欢崔家媚什么呢？他想起来了，当初他喜欢她走路的样子，路上没有一个女子像她那样走路的。他跟在她后面，入迷地看着她的臀部像水波一样扭动，假装只是到前面的一个什么地方去。忽然她回头，嘴角边上出现一个米粒大小的酒窝，原来她笑了。

他那时候就不相信她是个老实安稳的女人，但是她从来没有犯过错……从来没犯过错就是老实安稳的女人吗？

楼梯上再次传来鞋跟敲地的"笃笃"声，他听出来，这次是崔家媚的脚步声。听见脚步声，他忽然有嚎啕大哭的欲望，好不容易抑制住了。他扔掉碗，赶快睡到床上去，从枕头下面掏出他的诗词旧作，作独自陶醉状。

崔家媚进里屋来了。"哎呀，你睡啦？"她说，"我也想睡啦。"她今天与平时不一样，略有兴奋，眼珠子不时斜睨一下。老刘发现，她并不对他斜睨。家里的桌子啊床啊什么的，她不时斜睨一下，自己对自己撒撒娇。

她把购物袋拎到卫生间去，出来时，已经洗好了澡，穿着新买的睡裙，身上洒了香水，盘在脑后的发髻松下来披在肩上。她的头发真多，她的头发也很黑。看她的头发，就知道她是一个茁壮的女人。

老刘歪在床上假装快要睡着了，他从眼角里望出去，看见她端坐在梳妆镜前，一动不动。他以为她在看自己的面容，悄悄地把头探过一点去，没想到四目相对，被她逮了个正着。他悻悻地咳嗽了一声。

　　崔家媚对着镜子说："我知道你没睡。"然后她就走过来坐到床边了，手里还端了一杯水，"我买了一种药。你听话，好好地把药吃下去。"老刘坐起来问："你想干什么？我不吃。我吃了也不行。"崔家媚说："谁说你不行？我从来就没有说你不行。你是装出来的，你想逼我到外面去找男人。告诉你，我这辈子只想有你一个男人，因为我爱你。"她慢悠悠地把腿放到床上，伸出一条手臂搂住男人的脖子，把嘴唇送到男人的脸上。她嘘嘘的出气声让老刘想起遥远的一个梦境：一个孩子独自在森林里逃命，后面有一头猛虎穷追不舍。突然猛虎把孩子扑倒在地，就像女人这样嘘嘘地吹着气……算命的告诉孩子的父母，这个梦说，孩子将来要掌重印。

这孩子长大以后能诗善文，风流成性。没有掌什么重印，而是当了一名教书匠。现今病着，与他美貌健旺的妻子在床上勾心斗角。

"我真的不行。"他无力地说。

"不行就吃药。"

"我不吃药。"

"吃吧。听话，啊？你吃下去，我们一起读读你写的诗。我那时候就是被你的诗迷住的……我想也没想，就嫁给了你。你是知道的，本来我要嫁给一个将军的儿子的，我妈和我奶奶两个人把我夹在当中，一左一右地骂我……我一点也不知道，会过今天这种生活，但是我不后悔，你只要对我好一点，我心里就感激不尽了。"崔家媚冷静地把一粒药丸放进他的嘴里，用水送了下去。

老刘恐怖地看见，崔家媚也吃了一粒什么药。

四

过了一些日子，老刘得了中风。

他有许多病：脑血栓、动脉硬化、心脏病、高血压……

一个人能得这么多的病，也是一件奇怪的事。

老刘得了病以后，家里的气氛更怪异了。老刘认为，以他的年龄，得一种病就绰绰有余。他之所以得了这么多的病，完全是多年来心情郁闷，家庭生活不愉快所致。崔家媚认为，他完全可以不得这么多的病，之所以得这么多的病，是因为他存心与她过不去。就像他的阳痿，一开始并没有这个毛病，但是他总是无精打采被动应付，渐渐地就不好了。最后彻底不行。对于女儿刘海香，两个人也心照不宣：你喜欢，我不喜欢。你不喜欢，我更喜欢。

老刘中风以后，心情恬静起来，他觉得自己已不可能被女人利用了。所以，他与崔家媚能平心静气地说话解闷儿了。就这样，两个人，一个躺在床上，一个坐在梳妆台边，和风细雨地交谈，完全是一幅夫妻行乐图。

崔家媚悠悠地问："是不是？你是不是要把我朝绝地里推？你也没好下场，你一直应付我，所以你自己也完了。"她其实并不是真的埋怨老刘，她看着镜子里的自己，像在自说自话。

老刘接着崔家媚的话茬说："我确实被动应付，不想干。所以渐渐地不行了，现在彻底不行了。你怎么给我吃药都不行了。你不相信的话，可以再试试。"

崔家媚冷冷地说："你很高兴是不是？你高兴得太早了，我还活在你面前呢。"

老刘说："我看你也不比我好过。我帮不了你的忙。"

崔家媚对着镜子轻轻一笑，竟是不置可否。

白天，崔家媚出去进行她的各种消遣，老刘就一个人待在家里，慢慢地把自己挪到阳台上，东瞧西望，或者在老藤椅上睡一小觉，在崔家媚回来之前，他会从阳台上把自己迅速挪回床上。因为他讨厌看见他女人走路的样子，他在崔家媚走进来之前，会冲着将开的屋门大叫一声："骚。"

然后他就闭目装睡。他把他的鼾声处理得有声有色，有滋有味，长长短短，动静得当，可说是十分完美。即使崔家媚走过来看他，他也一点不含糊地完美下去。他闭着眼睛，一丝不苟地处理他的鼾声，仿佛看见女人无奈而愤恨的样子。他心里愉快得要飘起来。

骚！

但别人不说崔家媚骚。

左邻右舍都很同情她，有几个不上班的女人看不过她这么寂寞，一商量，从此下午就到她家里打麻将了。

四个女人一边打麻将一边说着互相怜惜的话儿，老刘躺在床上，感觉到自己已死，她们给他守着灵。

她们真的给他守灵时，也会这样一边打

着麻将一边说着话吧？

老刘仿佛看见自己的灵魂从喉咙里挤出来，飘到天花板上，像一只大水母一样从天花板上飘至客厅。那些女人面目模糊，她们说话的声音像蜜蜂一样"嗡嗡"的。她们经常把头靠得很近，看起来快要粘到一起合为一体了。突然她们站起来，老刘的灵魂一惊，水母连滚带爬地从天花板上落回老刘的身上。

"她们走了？"老刘问走进房里的崔家媚，"我刚才睡着了。可我睡着了还听见你们说了些什么话？她们对你说，你真不容易啊！家里的里里外外都是你打点，现在又多了一个半瘫子。"

崔家媚说："你记错了，这些话是昨天说的。她们今天说，你跟一个半瘫子活到哪一天才是尽头。明天她们又会说别的话……你知道的，她们会说些什么。"

老刘想了一想，突然咧开嘴放声大哭。他一直想这么大哭，想得都快要发疯了，想了多少年，终于哭出来了。他哭了几声，满脸是泪的，又大笑了。

痛哭真好啊！

就在这一天的夜里，老刘发病了。他向空中舞着双手，喉咙里发出"呃呃"的声音，只有进气没有出气的样子。"药，药，药。"他连叫三声，崔家媚闻声坐起来拉开了灯，伸手就到床边的抽屉里掏出了药瓶。老刘此时非常恐惧，需要呼唤一些什么。于是他直着喉咙叫："海香，海香……"海香这个名字伴着一股嘶嘶的声音冒出来，像进裂的水管里喷出的烂树叶子。崔家媚问："你说什么？"老刘艰难地向她斜过一只眼睛，不屈不挠地唤："海……海……海……香……"

崔家媚拿着药的手坚定地停在空中。

不过是一分钟的模样，老刘就喘完了。她看着自己和手，希望它会颤抖起来，但是她的手比她的脑子还无动于衷。

她突然知道了，这么多年来，她的冷静并

不是冷静，她只是麻木。她麻木到了极点，杀了一个人，并不觉得害怕，也不内疚。

五

于是，这一场艰苦卓绝的婚姻结束了。代价是老刘的一条残命。谁也不会对老刘的死亡发生怀疑，事实是，即使谁发生怀疑了，也不会说出口。谁都看见了，崔家媚是怎样活的，这样活着，大家心里难受。大家也都看见了，崔家媚在火葬厂里是怎么表现的：在此之前，她一直冷冷的，木木的。待到老刘的遗体推向火化炉时，她一头撞到了墙上，没等大家反应过来，她拼足了力气又是一头撞到了墙上。人家说，那声音就像一只装满了水的木桶从半空里掉到地上发出的声音。

她这一撞，许多女人立时哭了。

事隔很久，很多女人回想起来还会伤心，可见她当时那一撞，伤心的含义，人家的与她的不尽相同但殊途同归。女人的命运啊！

她自始至终没有哭。

只有一个人对老刘的死表示怀疑——你猜对了，是刘海香。刘海香的儿子两岁了。儿子叫王爱刘。刘海香为父亲的死哭得肝肠寸断，一边哭一边叫喊："以后没有人欢喜我了呀……以后再也没有人欢喜我了呀……我不想活了呀……"

她哭喊得有点离谱，于是王小弟把她扶到一边，狠狠地在她的屁股上拧了几把，这才止住了哭喊。

两个人从火葬场回到家。刘海香软软地躺倒在沙发上，对王小弟说："王小弟，你给我报仇。"王小弟吓了一跳："报什么仇？"刘海香说："你想，我爸犯那个病，只要药一到嘴，就没事了。你想，我爸为什么会死，就是药没有到嘴。他犯病的时候，又是谁在他的身边？"王小弟说："真是这样的话，死了就死了。你爸也该死了。他活着你妈就没有好日子过。"

刘海香大哭大喊起来：

"王小弟，你偏心。你爱我妈，你想吃我妈的豆腐。"

王小弟说："你再胡说，小心我请你吃耳光。"

刘海香由哭喊变为哭泣。

王小弟怒气未消地说："过去有过什么事都休提，你要是想惹是生非，我真的揍你。揍死你，怕不怕？"

刘海香说："怕，怕。"

王小弟把老婆教训了一通，心里很高兴，说："你搞不过我，认命吧。一个家庭像我们这样子，就太平了。现在，你起来洗洗，我去烧饭。你想吃什么？我知道你最喜欢吃海鲜。我到菜场阿彭那里去看看有没有好的鸦片鱼。这东西贵是贵了一点。我记得去年还看不见这东西。我多买一条，明天你去拿给你妈吃……想开点吧，你就剩下妈了。她到底是你的亲妈。"

王小弟说完就走了。

刘海香爬起来，一边洗脸，一边流泪，所以总也洗不完。她不是个固执的女人，她想王小弟说得对，死了爸爸，只剩下妈了。如果妈死了，她就一个也没有了，就是个没爹没妈的孩子。

　　她给崔家媚打了一个电话，说："妈，妈哎！我明天下班后过来看看你。"

　　崔家媚在那头坚决地说："我不要你过来看。"

　　"王小弟给你去买鸦片鱼了。"

　　"你们吃。我不要。"

　　刘海香又哭起来。她小心而内疚地哭。爹死了才知道关心娘，难怪娘拒绝。

　　第二天晚上，刘海香还是去了娘家。崔家媚给她开了门，她惊奇地发现，仅仅是一天的工夫，这个家就变成了一个人的家。她爸爸的照片，日常用的东西全不见了。床上，换了新的枕头、被套、被单。阳台上的老藤椅也不见了。家里又多了许多盆栽的茉莉花。刘海香回想当她出嫁以后，妈也是立刻把三个人的家变成了两个人的家。

刘海香心里为爸爸伤心着，家里变成这个样子，她不知道朝什么地方落座。

崔家媚客气地对女儿说："你坐。"她神清气爽，看不出劳累了一天的样子，她从来就是要强的，不轻易哭，不轻易笑，不轻易开放她的内心。她一生的破绽也只在走路时才表露出来。看着脆弱的女儿犹豫地落座，她心里叹着气，有些似愁非愁的感觉，好像想起了遥远的时候，一些特殊的场景……特殊的气味……让她走向毁灭的入口标志。

她不想让任何人靠近她，包括女儿。

"你来做啥呢？"她看也不看女儿。

刘海香在凳子上不安地欠欠屁股，气氛诡异，让人害怕——比王小弟要打她时害怕多了。她害怕时就想打哈欠。她控制住了，咽了一口口水，把自己的身体坐直，摆出一副认真听话的姿势。她想听母亲说下去，这世界老是在摇晃着变化，今天不知道明天。她想好了，回去一定要问问王小弟这是怎么一回事。

她的母亲说："以后不要多来。我喜欢一个人待着。"她冷冷地看着女儿的脸说："告诉你，我要忏悔。"

刘海香刹那间瞪大了眼睛，明白了。她惊恐地看见她的母亲先是面无表情，后来好像朝她笑了一笑。

2003年3月3日完成

《猛虎》手记：

一、近年来写作呈现理想主义倾向，我喜欢这种倾向，愿意把这种倾向作为我写作的主张，或者说是理由。这一篇却一点也没有这方面的倾向。我为什么写这些血腥，因为我觉得我根本无法回避这些东西。这是不能被笔理想化的一部分，恰恰这部分中人性中最原始和最真实的，它始终以不屈服的姿态存在于我的思考中。

二、这是一个老掉牙的故事：一个女人杀了一个男人。我们日常的生活中一定存在这种事情，因为我们许多人一生中总有一些时候会怀疑某一个人是被另一个人害死了，不一定是用刀子，但精神的残杀比肉体更厉害。在写这篇小说前，我感兴趣的是：每个人都曾经有过美好的理想，却无法回避地与这个世界对抗着。这是人生中最残酷的内容。

三、人与人的对抗中，个个都像猛虎，但每个人又都是那么容易受到伤害。男人和女人比较起来，女人在处理伤害时并不比男人更情绪化，但女人更易结仇。所以，崔家媚最后会对女儿暗示一点东西。那也是本能的一种报复行为。

明月寺

　　春天，阳光催得百花竞放的时候，我挎上了我的双肩包，离开了家。我要去看花，再过半个月，春天就不会这么灿烂和干净了，许多花便会开残在枝头，许许多多的花瓣都会落在了尘埃里。趁着春天还没有那样黯淡和肮脏，我要去看看花儿们开成了什么样子。过了这个时机，还有什么样的花儿开给我看？

　　我的目的很简单，所以我就眯起双眼，让阳光照在脸上，慢悠悠地，一直朝南边走去。

　　后来，就进了山里。漫山遍野的桃花，铺天盖地的阳光，风就在花树上面游弋，风也是香喷喷的。满世界软绵绵暖呵呵的阳光，我在阳光里没了，我成了阳光的两只脚，在香风里轻飘飘地走着。

走着走着，后面有人和我说话了：

"喂，你到哪里？"

我回头一看，一个黑褐色的乡下老头，在我身后腰杆笔挺地走着。"我来踏青。"我说。

我略等一等，老头就与我并肩而行了。

"你是城里来的。"他不容置疑地判断，接着说下去，他好像在自言自语，"我刚从城里回来。我昨天就去了——坐船去的。亲戚的运输船，不要钱的。今天一大早回来，坐小公交车，他们非要我交十二块钱，我一气，半路上下来了，倒是一分钱没给他们。这样，我就先省了一十二块钱，后又省了六块钱。"

我暗笑。他看看我的脸，认真地说："这地方无有人来，没有旅游点，自古就属于生僻之地。"老头如此拿腔拿调，我忍不住放声大笑。他不理会我，继续说下去："只有一座二郎山好看一看，山上有一座明月寺，山上花草竹木很多，还有野鸡。山的东面和南面靠湖，湖里有野鸭子。人家说，野鸡和野鸭子交配，生下来的就是凤凰……这山倒是有看头的，你不妨上山去看看。寺院里能住，一夜二十块，管三餐。寺里头就只有住持夫妇两人。两人本是俗家人——跟你一样的城里人。七零年春天来的，不知道为什么要来？来了快三十年了，从来不见有亲戚来看他们……男的叫罗师傅，女的叫薄师傅。两个人虽说是寺院住持，但从来就是俗家打扮，睡在一起，一直夫妻相称。你说奇怪不奇怪？"

这么说着，这乡下老头就紧走几步，到我前面去了。他双手背在后面，说："你跟我走。罗师傅今天下山来做法事，给土根家里驱鬼。你就在土根家里吃中饭。吃好以后跟罗师傅上山。"

我忍不住问他："老乡，你住在什么地方？"

他说："不远。二郎山下的明月村。"

既然他替我作了主，我就一声不吭地，跟着这个陌生的老头走了。

很快就到了村里，一个三面环山的小村落，孩子、鸡、鸭、狗，一齐在村子里乱逛。快到中午了，景象有些进食前的慌忙。在一家人家门口的空地上，我看见一位红衣绿裤的老者，肃穆地端坐在一把长凳上，他面前也放了几条长凳，坐满村里的老少爷们。只听他大声说道：

"人这样东西，是不能得意的，人一得意了就不像个人了，要祸害人。鬼这样东西也是不能得意的，一得意的话，就像个人一样祸害人了。"

听众一齐点头称是。然后，红衣绿裤的老者两手按在膝盖上，嘴里似唱非唱地哼道：

"三荤三素啊一只鸭子，米饭啊一碗，柴筷要一把，柴筷放在饭碗上……十八只元宝，十三只米粽……生死之鬼啊在西北方向……"

红衣绿裤的老者每哼一句，就有一位长得敦实的中年男人大声答应："晓得。"领我来的老头说："红衣绿裤的那个人，就是罗师傅。答应他话的那个人就是土根……土根，带个城里人到你家吃饭，她要跟罗师傅上山呢。就在山上住夜。"

这就是我碰到罗师傅和薄师傅的原因。刚才我说过了，我出来的动机很简单，所以我不在乎到哪里去，只要有花儿看，无论跟着谁走都一样。况且我愿意到寺里去，我想求一支签，关于爱情的签。

罗师傅和那个乡下老头大不一样，他不爱说话，一路上只是闷着头走路，我听见他哼了两句歌，听不真切，见他不爱说话，我也不便问他。我对他的初步判断是：一个沉闷的有冤气的老头，他的来历有点神秘，他的现状却充满尘世的气味。在漫山粉红色的桃花映衬下，他的红袄绿裤显得又是奇怪又是天真。我走在他的后面，看着他轻捷地走路，宽大的红袄绿裤飘忽着，在山路上跳跃不停，像两块连在一起的光斑。我想，他也许是个明朗单纯的没有多少过去的人，他到此地三十年，只是为了某一样必不可少的等候，或者竟是拒绝一种辉煌……

走进了竹林，就是到了山的顶端了。明月寺在竹林的掩映里，这是一座小庙，庙身陈旧的黄颜色里，有人间多少年烟熏火燎的气息。进了门，眼前一黑，过了片刻才看清室内的陈设。救苦救难的观音菩萨摆在屋子正中的木龛里，我看见高高的木龛后面有走廊，客房大约就在走廊里面。我想，有月亮的夜里，月光会浸洇这孤寂的走廊。

我迫切希望看见薄师傅。

薄师傅从木龛后面走出来。一看见她，我就知道这是薄师傅。她是个清瘦的老妇人，薄薄的身体，薄薄的头发，皮肤是暗白的，带着一点灰，与这幽暗的屋子很相配。她的眼神很特别，清而亮。她看人的时候，眼神专注，让人感到里面仿佛有许多要紧的内容，但仔细朝里一看，里面什么都没有，只有一股像水一样的温情从眼神里流泻而出，慢慢地流过来，不知不觉中被这温情渗透。清凉而纯净的渗透，不想抗拒的渗透。

明月寺前的月光大约也是这样的。

她看了我一眼，说道："要不要求签？"又补充了一句，"我这寺里的签，和别处不一样，不分上中下签。只要签上说的话对你有些用处，那就是上签。"

于是我在观音面前焚香，磕头，在竹筒里抽了一支签，上面说道：

> 海市蜃楼
>
> 过眼云烟
>
> 落花流水
>
> 浮生若梦

我突然无可抑制地感到悲戚：人所建立的一切，都是用来毁坏的。人又不能不建立一切，要不然，我们毁坏什么呢？

薄师傅又注意地看我一眼，说："求签就像读书，在信与不信之间，最好。"

我问她："那到底是信还是不信？"

她素白的脸上略略有些笑容了，她说："这个我说不清楚。"又说，"我像你这么大的时候，也像你这样喜欢泾渭分明。"

我突然有个感觉，薄师傅以前可能是个教师，如果她是个教师的话，她一定是语文老师。我立刻把我的感觉对薄师傅说了。我看见她先惊后喜，喜悦之色在脸上一掠而过，代之以淡淡的悲戚。

我想我是无意中触到她心底的一些痛了，这不是我的错。她到这座寺院里来这么多年，也许从来就没有人触动她心底的痛，这么说起来，我与这个老妇有缘，因为我隐隐约约看见她的伤痛了，并且为无意中的发现而歉疚。

她不说话，不说是，也不说不是。

当我陷入无言的时候，薄师傅却说话了："我领你看我种的花去。"

她领着我转过木龛，来到走廊上。这是一条曲折而宽敞的走廊，也因为年久，廊柱和滴水檐上的漆都剥落了。地面上铺的青砖碎了许多，碎缝里长着青苔，青苔又顺着砖缝爬到了粉墙上。她一路指给我看：这是客房；这是她和罗师傅的卧房；这是厨房；这是饭厅。还有一些小小的不知派什么用场的房间，里面胡乱堆着木料、绳子，或者摊放着菜干。总之，这里是地道的居家模样，薄师傅和罗师傅也就是一对俗家的乡下夫妻。

走到走廊的东头，她打开一扇门，是一间过道，后门的外面，就是一片平缓的向阳山坡，山坡下面是一望无际的明月湖。当然，你面对着湖不能不看湖，你看了湖之后，不能不被山坡上的田地所吸引。山坡上一畦畦的菜地和花田，掇拾得整整齐齐，整齐得让你感觉到那是用手每天捋过的。它们让我再一次感觉到，罗师傅和薄师傅，就像山下那些普通夫妻一样，有着种种俗世里简单而明朗的乐趣。它们也让我不再猜测这对夫妻曾经有过怎样的秘密。猜测，是阴暗的。

我　向爱花。我这次出来的目的就是看

花。向阳坡上开得五彩缤纷的花，许多是我不认识的——难怪我不认识，薄师傅对我说，大部分是她从山上移下来的。譬如这种花，叫"剪春罗"。

她特地用手指向我指示。

我仔细地端详这种名叫"剪春罗"的黄花，它的茎细长得吓人，像穿着高高"元宝领"的清朝女人，它的顶端，那花，也像一个表情迂缓的清朝女人：寥寥几瓣，脸儿黄黄的，正是欲说还休的模样。

我对薄师傅说，我喜欢那边几样开得如醉如痴的很"荤"的花卉，我喜欢那种没心没肺的样子。

薄师傅便去田里拔小青菜。见她有点悻悻地，我明白我说了她不爱听的话了。我马上开玩笑道："哦，我知道了。'剪春罗'里面有个'罗'字，'罗'，就是罗师傅——这花是你为了罗师傅种的。"

她蹲在菜地里，不看我，脸冲着一地的菜笑了。她笑得十分真心，脸有些红了。看见她的笑容，我知道她平时不大笑的，她嘴角僵硬，眼睛、嘴巴、皱纹全不配合，虽然真心，但是看上去是不太自然的。

这个玩笑她是认可了。

然后，她整个人就轻松起来。她提着菜篮子快捷地走在我面前，因为快，她的背影就显出了这个年龄非常少有的窈窕，我可以断定，光凭这样的窈窕，她年轻时就是一个人人宠爱的大美人。

美人迟暮，在寺院里安度余生，幸还是不幸？

罗师傅在院子里扫地，薄师傅走过他的面前，也不看他，自言自语地说："小囡说，'剪春罗'是我特地为你种的。"罗师傅也像是自己咳嗽一声似的说："我说也是。"

他俩已经默契得用不着神色和眼光交流了。

我不习惯这种说话的模式。我担心他们对我也用这种方式。

薄师傅烧好了饭和菜，罗师傅整理完了他的院子，我在客房里安置下来。就像一家三口似的，我们三个人就在厨房里的小桌子上吃晚饭了。我不喜欢在饭厅里正儿八经地吃饭。

　　"小囡。"薄师傅叫我了，她那如水的眼波看着我，正是我喜欢的交流方式。她轻轻地这么一声，让我心中一疼，仿佛听见母亲在远远的地方叫我。我捧着饭碗的手一颤，饭碗"咯"地一声落在桌子上。

　　"吃菜。"她对我说。

　　罗师傅说："你莫叫人家老是吃。你叫人家看看窗子外边的云。"

　　厨房的西墙上有一面窗子，窗子外面是满山的姹紫嫣红，姹紫嫣红的上面——天空上，有更绚丽的颜色。只是一天的结束，天空却像再也不回来似的，拼足了力气灿烂地谢幕。于是我们就看到了这些美丽的云霞，甜甜的，甜得怅惘的。

　　开了灯，灯光暗黄的，但是一瞬间，

天就黑了，白天和黑夜在山上面如此快地切换，让我感到惊讶。然后，暗黄的灯光就显得明亮了。

我说："罗师傅这么浪漫，怪不得薄师傅给你种'剪春罗'呢。"

两个人都看着我微笑。

两个都想说话。当然，我也想说话。我们就像重逢的一家三口，有着许多的话要说。

薄师傅说："你罗师傅，每次我洗脚的时候，他就在旁边看。他恋我的脚。"

罗师傅说："你的脚长得好，就像小婴儿的脚。要不，你脱下来让人家看看？"

薄师傅说："这样不好。"

"看看脚有什么要紧？"

"不好不好。"

我心中略略有些奇怪：夫妻之间这样隐秘的话，他们居然在我面前毫无拘束地说出来。我瞅瞅两个人的神情，不像是打情骂俏的样子，所以我放心了。我放心以后就想：这两个人心里是纯真的。我是不习惯这种纯真了，我所有的欲望也许全都远离了纯真。

我岔开他们的话题，问罗师傅："山下的驱鬼仪式，是不是都一样？你信有鬼吗？"罗师傅回答："驱鬼的手法不太一样，我做的是我的一套。有没有鬼，说不准。照我的看法，世上还是没有鬼好，人已经活得这样乱七八糟了，再添上鬼物，那不更难过了？……人这样东西真的是不能得意的。"

薄师傅插了一句："照我看有鬼才好。有了鬼，好多死了的人就能再见了。人死为鬼，鬼死为聻，不绝轮回，你做的错事才能赎回来。"

我发现薄师傅的话触到了我心中的疑问。我小心翼翼地问："什么样的事，才能算是错事？"

这时候，我们这一家三口已经吃完饭，饭碗和菜碗搁在桌子上，散发着香气；头顶上，灯光是简朴的；灶台刚烧过火，还有些温热；陈旧的桌子和灰暗的墙面，是你似曾相识的模样。所有的一切，都呈现出让人安心的表情。

这样的环境最适合说以前的什么事。

我记得当我问了一句：

"什么样的事，才算是错事？"

问话以后，屋子里突然陷入一片沉默，突如其来的沉默，合乎情理的沉默，我想是这样的。因为我们都觉得相逢有缘，太想说些什么了，我们三个人进入一个奇怪的境地：就在刚过去不久的一刹那，我们互相眷恋了。

但是我们面面相觑，却什么也没有说。前尘旧梦就在这时候如惊鸿一瞥，一掠而过。

罗师傅先站起来，叹了一口气，出去了。薄师傅到灶台上去收拾，我像小偷似的溜到走廊上，然后，回自己的客房里去了。

接下来，我铺床展被，洗头洗澡，外面的天黑咕隆咚，山上面静悄悄的。然后，我就拿出笔记本记今天的事情。等我记好笔记时，山上面不安静了：一轮又黄又大的圆月从东边出来了，挂在矮矮的树枝上。我想，它应该是从湖里升起来的，可惜我错过看它破水而出的样子了。

月光这种东西其实是最不安静的。所以，明张岱说，杭州人避月如避仇。

于是我走出屋去，由走廊到通向向阳山坡的过道。过道门被闩住了，就在我伸手去拉门闩的时候，手碰到了墙壁上的什么东西，手指上麻苏苏的。因为直觉是厌嫌而害怕的，所以我不管三七二十一，"哇"地大叫了一声。一声叫喊过后，罗师傅和薄师傅出来了，两个人身上的衣服整整齐齐，说明他们还没有睡。

罗师傅打开手电筒照在墙壁上，我看见墙上密密麻麻地爬满了黄豆一样大小的小螳螂，这是一窝小螳螂。薄师傅宣了一声："阿弥陀佛！"

我把粘在手指上的一只死螳螂悄悄地弹在地上。

罗师傅关了手电筒，我们三个人站在那

里又面面相觑了。后来，薄师傅问："今天是农历十八吗？"罗师傅回答她："是农历十七。"薄师傅说："我们陪小囡到湖边看月亮去。"

出了门，薄师傅忽然回过身对罗师傅说："你回去把你的笛子拿来吹吧。我们在码头上等你。"

夜风萧萧，我们走过一段短短的石阶到了湖边。所谓的码头，是一段向湖心延伸的泥堤，也许在很远的时候，它是停泊渔船的码头，但是它现在完全没有用场了，它在月光下面出奇的安静。细想起来，它的过去和现在，与薄师傅和罗师傅的身世应该是相像的。

我们伫立在湖边，月亮离开东边矮矮的树丛，升到高高的树梢上去了。湖里也有个月亮，浸了水，形状和质地就有点怪异起来。一阵风吹过，山上的竹林响成一片嘈杂之声，如千军万马从竹林里驰骋而过，气势吓人。风静树止，罗师傅的笛子吹响了。

与我想象的不同，竟然是很嘹亮的，直吹入夜空里去。吹出如此激越声调的人，该有过怎样的抱负？现今，又有着怎样的怨怼？

湖水、明月、竹笛声，我一时不知身在何处。

我愿意了解他们。我决定冒昧再问一次。

就回去了。还是沿着短短的石阶路。罗师傅在石阶路上等我们，薄师傅把给我的手拿走，给了他。他们挽着手无言地走在我前面。我知道，这月光底下，只有他们，没有我。

到走廊上了。廊上没有月光，我看不见他们的脸。他们站在门口了。他们的屋子与我的屋子隔着一间。明天我就要走了。现在是睡觉的时候。此时不问，更待何时？一句半句，漏点蛛丝马迹也好。

我冲着他们说了一句："薄师傅，人家说，你们是七零年春天来的。来了三十多年了，从来没有人来看过你们。"

薄师傅连忙去看罗师傅，罗师傅拉了她

慌忙进了屋子，急急地闩上了门。这一切都在我一错眼之间发生的，等我回过神来，他们已经关上屋门了。我站在走廊上，十分无趣，也感到内疚。

不知睡到什么时候，我睡得不太踏实的身体被一样声音唤醒。我张开眼睛，窗子外面，月光如水，亮如白昼。风止了，满山的树木花丛静如人立。我恐惧地伸长耳朵，仔细聆听来自什么地方的声音。我听见了细如蚕丝的哭泣声……没错，是哭泣声，来自薄师傅和罗师傅的房间。

我来到他们的屋前，从没有拉严的窗帘里望去，只见薄师傅和罗师傅两个人正搂头而哭。他们搂得那么紧，好像很冷。

第二天早晨下山，罗师傅送我。温暖的纯金色的阳光照着满山的露珠，满山的露珠熠熠发亮，树和花呈现空前绝后的清新。这清新的自然景象是天送给人类的礼物。我一路走一路欣赏，我走了老远，还能看见薄师傅站在庙门口朝我们张目眺望的身影。

罗师傅送我到山脚下，郑重地问："你什么时候再来？"

我虚应着说："一个月，或者两个月吧。"

他又说："我和薄师傅等你来。"他说这句话的时候，脸上现出了老年人的脆弱。这脆弱是无可奈何的，又是坦然的。温暖、干净、酸楚。这临别的眷恋，我当然看得懂。

我沿着我来的路往回走。这时候，我又恢复了来时的轻松，在二郎山上过的半天一夜被我抛到了脑后。我背着我的双肩包，在阳光里眯起双眼，梦游一样行走，一点也不像在山上心事浩渺的样子。花事年年都有，但每年的花开得都是不相同的。这也算是及时行乐吧。

在路上我又碰到了那个黑褐色的乡下老头。他快活地问我："回去啦？"我说："回去了。"他问："你在山上看到凤凰没有？"我说："没有。"他遗憾地说：

"唉，山上的野鸡和湖里的野鸭子不肯交配了。"他又告诉我："我到缥缈山下的缥缈村去，我一个老朋友和他媳妇吵架，气得不吃饭，我去劝劝他。你有空来玩。"我问他："土根家里的鬼驱走了没有？"他回答我："走了走了。昨天下午就走了。"他拐到一条岔路上走了。

我心情非常愉快。所以，我回了家以后，没有想到再去二郎山。

捉摸不定的二郎山。

一个月、两个月弹指一挥。春天过去了，夏天过去了，也是匆忙得留不住任何痕迹。秋天轰轰烈烈地开始，一切又是结束前的如火如荼。我这才突然想起我的许诺。

我像上次春天里一样，背起我的双肩包，一路作闲庭信步。上次是邂逅，这次是寻访。上次是绿色，这次是金色。没有碰到那个黑褐色的乡下老头。

径自上了二郎山。

在山路上就看见明月寺被脚手架包围着，许多匠人在脚手架下忙碌。

我走近明月寺。一个匠人头领模样的人过来对我说："对不住。寺院要大修，禁止闲人参观。这寺院以后就是正儿八经的和尚庙，上头要派许多和尚到这里来敲木鱼，还要选一个正式的住持。"

我预感不妙。我说："那罗师傅和薄师傅呢？我和他们熟悉。"

匠人头领说："熟？熟也没用了。薄师傅死了有两个月了，罗师傅走了也有一个月了。薄师傅是病死的，一个劲地瘦，瘦得像掉在地上一个冬天没烂的树叶子。罗师傅到孤郎岛上的香花寺正式出家了，法名慧尘。"

慧尘？当然。

这就是我经历的一段往事。

至于往事里的往事，我已无可猜测。罗师傅和薄师傅，他们到底是谁？有着什么样的秘密？经历过什么事？没人知道。我只能隐隐约约地感受到：那似乎是与宽宥，与赎罪，与等待……当然，那一定是与爱，与恨，相关联的。可惜我没有及时地再上二郎山，我相信当我再去的时候，他们会告诉我所有明月寺里的秘密——他们多想说啊！

明月寺不会说话。

后记：那一年的整个秋天，我都怅惘着，颇有些悲秋的意思。我作着一些无用的努力，企图解释罗师傅和薄师傅的身世之谜。我到方志馆去查寻七零年春天里发生的社会新闻。你知道，由政府编纂的地方志大都是大而无当的，是一幅平面图。它们不按年份编，而是按照所谓的事物性质横分门类，纵向记述。如"农业卷"、"工业卷"、"人口卷"等。这让我很不满意。我曾经在一个穷乡僻壤看过一个民国时的地方志，由当时的几个秀才编纂。其中的内容，包括某一村某一家的公鸡什么时候打了一声鸣；哪一村的寡妇某一年某一天因为难忍寂寡而嫁了人；某一年的第一声春雷居然打死了三人……十分有趣，现在的地方志不采用这种编纂方法了。

我查不到任何有用的资料。

但是有一次，我去参加一个亲戚的宴请。席上有一位八十多岁的耳聪目明的老太公。我就问他，还记得七零年的春天，城里发生过什么有趣的事吗？

"多啦。"他凑着我的耳朵，非常愉快地告诉了我许多民间闲事：凶杀、忤逆、背叛、情变、私奔、火灾、盗案……我听着听着，觉得老太公所说的一切都与罗、薄两位师傅无关……也可能都有关。

2003年2月20日完成
2003年2月23日修改

逃　票

　　第三次逃票成功了一半。

　　傍晚的阳光那么善变，神秘莫测。孔觉民从火车上一步跨下来，旋即把随身的小布包朝上衣里一塞，像肚子有点发福的样子。在火车还没消失的蒸汽里，走得大大方方，连他自己也不相信此刻正在逃票。

　　逃票需要勇气。一旦被捉，轻者罚款、批评教育，重者游街、拘留、判刑。不管轻重，都要通知本人单位或居委会。

　　每一次逃票成功，孔觉民的心里总会高兴一阵子，至少一个星期，他沉浸在幸福之中，同样，他的老婆赵点梅也沉浸在幸福之中，于是一家子都沉浸在幸福之中。

　　但是这幸福是不能让外人察觉的，现在

是表达苦和恨的时代，一个人愁眉苦脸或者满腔愤怒是正常的，一个人若是从心底里涌出喜悦，眼梢眉角闪烁银子一样的笑意，邻居就会怀疑他做了什么不好的事，居委会干部就会上门探个究竟。如果有必要，派出所的同志们也会召见他。要是他运气不好，派出所上头的专政机关，说不定已经在调查他的祖宗八代了。谁的祖宗八代都受得起考验呢？没有的！

　　此时，一斤米是一角三分九厘，买一斤米付一角四分，买十斤米是一块三角九分。豆油七角九分一斤，肉排四角一斤，虾四角一斤，猪肉六角九分一斤，青菜一分到一分半一斤，豆腐二分钱一块……

　　从吴郭市到上海，逃一次票，快车是一块九角，普通车是一块五角，棚车是八角。快车是买不到，而且也难逃票。棚车容易逃票。普通火车逃票的难度介于两者之间。孔觉民从不坐棚车，棚车到底是迫不得已的人们才会坐的，但凡有点经济基础，都要一分体面。从棚车里出来的人，表情痴呆，眼神发愣，跟下来一群猪差不多。

每逃一次票，就是一块五。一块五角，参照以上的物价，可以在菜场买不得了的东西，当然你要起得足够早，菜场里东西少，早上七点过后，基本上只有烂青菜和僵土豆，连臭烘烘的死鱼烂虾都难寻踪影。

国营菜场五点半钟开门，赵点梅在菜场里有内线，知道什么时候有蹄髈买，蹄髈和肥肉一样，属于抢手货。她会半夜里起身，一点不到就去排队，排队的人，大都也是知道内幕消息的。买到大蹄髈，不管红烧还是白烧，赵点梅会请个假回到家里这时候左邻右舍们都不在家里，在家她也不怕，她的煤炉支在自家的小天井里，门一关，别人没法看到她在做什么。她快速地把它去毛、焯水、下锅急火烧开。珍珠一样的水泡，顶开汤面上的油层，一只只放逐在空气里，眼见得香气就要冒将出来，传遍四面八方……且慢，这时候她把砂锅端起来了，捞出蹄髈，放进一只布袋里。带上布袋，骑上破旧的自行车到娘家去了。砂锅里的清油汤，她没忘了收到碗橱柜里。

赵点梅的娘家，在枫杨树街，路上无人，骑二十分钟就到了。爹娘一年到头也吃不上一回蹄髈，他们的肉票全都给了孙子。赵点梅一来，他们就知道吃蹄髈的日子到了，不是真正的吃，而是对外宣布吃，宣布吃蹄髈和真正地吃到蹄髈，不是时间顺序上的问题，而是两者永远无法相遇的问题。

现在，赵点梅可以重新出现在她的厂里了。而她的娘这时候从布袋里拿出半生不熟的蹄髈，上了锅慢慢煨。她知道她的外孙和外孙女们是多么需要吃这只蹄髈，她不敢怠慢，把蹄髈烧到外面烂糯里面劲道，赵点梅要的就是这效果，烧得太烂，一吃就没了，放在嘴里慢慢咀嚼才好。牙齿里嵌两条肉丝，夜里还能当点心吃。

肉味飘香。赵点梅的娘脸上挂着谦虚的笑容，回答邻居的问话，是的，是的，吃炖蹄髈。

　　傍晚，赵点梅过来拿蹄髈。回到家，只等天黑，关上门，落下窗帘，屏气静声地吃。吃完把大骨头收起来，赵点梅找个空儿扔到弄堂里老虎灶边上的小河浜里。这河浜多年来不知藏了多少企图隐瞒的骨头和壳片，当然这不是她一家干的。居委会有个干部叫崔红心，她说她有梦游症，夜里会拿个手电筒，念着毛主席语录，一家一家地翻看垃圾箱。她说她在梦里接受上级指示，从垃圾箱里的骨头和虾兵蟹将的壳子，寻找阶级斗争的新动向。有几次还真的被她找到了阶级敌人，譬如老王家的垃圾箱里有一阵子骨壳不断，一查他，原来他的资本家父亲从上海给他汇钱来。

　　崔红心再精，也不会下河去打捞证据。

　　静穆地吃完蹄髈大餐，安全地扔掉骨头，还有最后一道工序要做，那就是，第二天，大家出去时要记得愁眉苦脸哦，千万不得嘻嘻哈哈、蹦蹦跳跳哦，不得满面红光，满眼笑意哦。对于装腔作势，孔家是驾轻就熟，小女儿孔妮甚至会冷着脸咳嗽一阵，再翻两个白眼，一副营养不良的样子。她的大哥很正经，二哥又在与人打架，三哥佝偻着背沿墙根走，她父母亲都略微皱眉，似忧似恨，总之他们没有与众不同的样子，没有人格外注意到他们一家，没有人知道他们昨晚吃到肚子里的那些油脂正在哈哈大笑。

萧家的小女孩，长得像洋娃娃，一点脑子都没有，她妈给她做了一件新衣服，在新衣服上打了一个补丁，有一次她走在路上突发奇想，把那块补丁扯下来了。正好被崔红心看见了，于是萧妈妈就进了"坏分子学习班"。

这说明一件事：孔觉民是有勇气的，赵点梅也是有勇气的，他们一家都是有勇有谋的人。

赵点梅是远近闻名会过日子的女人，四个孩子每天都有荤菜吃——买上四角钱的肉浆，四分钱百叶，做上十只肉百叶，午餐和晚餐都有荤菜了。听起来好听，其实百叶里面的肉只是象征性的，那四个正长身体的孩子还是油水不够，整天馋，想着吃的。粮食也不够，三个哥哥每月各吃十五斤定量米，小妹妹只有十二斤。学费倒不贵，每个人每学期都是一块两角，便宜的。如果老师可以当荤菜吃，那就不是这个学费了。

孔觉民是中专生，在中学里教书，月工资是三十五块八角，赵点梅是二级车工，二十七块五角，夫妻俩加起来一个月有六十三块三角，从理论上说每天可以开支两块一角一分，可以放开肚皮吃百叶包肉，但实际上毫无操作的可能性，因为市场里没有那么多的肉和百叶，即使有，她也没有那么多的肉票去购买。于是她每个月要从工资里拿掉十五块钱，到黑市去换粮票、肉票、油票、豆制品票。

这样，全家一天可开支一块六角一分——这还不是真正的实际开支数，赵点梅还得从里面扣点出来备用，"备用"这两个字很有学问，覆盖面很广，到底备什么用，大家问她，她笑而不答。问急了，她就骂人，说这是她给自己准备的丧葬费。也许她也说不上来，只是她焦虑心情的一个备份吧。

她有一个铁皮匣子，上着锁，放在她的床头柜子里，有时候也坦然地蹲在床头柜上，里面就是她的"备用"金，她每天都放钱进去，一角两角，甚至几分钱，但家里从没有人看到过她怎样放钱进去，她从不当人的面放钱进去。所以大家看到的永远是沉默的上了锁的铁皮匣子，它也永远那么神秘，是孔家生活里一大秘密。它还有一个奇特之处，有幸看到它的亲朋好友们，无一例外地保持沉默，从没有人对它表示出一丝一毫的兴趣，更没有说三道四。沉默里流露出心照不宣的同谋犯一般的默契。

也许家家都有这么一个盒子吧？

家里有一个传说，说赵点梅把多余的钱都换成了粮票，藏在家里某个地方，数额惊人。那么到底藏在何处，谁知道。孔觉民知道吗？他说他也不知道。他只管交钱，三十五块八角，一分不少地交给妻子，这在今天听来是多么不可思议。

再说孔家这笔大钱。也许是妈妈赵点梅在墙上掘个洞藏起来了吧？孔妮从小就看到父母亲不在家里时，三个哥哥拿着棍子在墙上四处乱戳乱挑，有一次二哥认定毛主席像后面有机关，棍子从毛主席的肩膀那里伸进去轻轻按了按，没想到他手里的棍子诡诈地朝外一弹，就这样把毛主席的肩膀搞出一条豁口来了。二哥扔掉棍子大叫，不是我弄坏的，不是我！

孔妮的三个哥哥，大哥聪明二哥傻，三哥人云亦云没主张，孔妮是家里最小的，又是女孩，不免娇宠，她的围兜里经常放着爆米花，坐在高脚凳上，一边从围兜里掏爆米花吃，一边高高在上地观察他们。她看到大哥拿了糨糊，颇为老练地把毛主席的破损的肩膀上下黏合起来。他本来黏合得天衣无缝，但他想了一想，觉得还是应该让人看一点出来，于是他在糨糊接口的地方用手指戳了一下。毛主席的肩膀本来是垂直的，略略鼓起，与他宽阔的胸膛保持完美得近乎自然的线条，这下朝里陷进去了，如果你盯着看，看上五分钟，就看见毛主席好像在耸肩膀，当然不细看还是看不出来的。

赵点梅是天下最细心的女人，她的眼睛比特务还厉害。邻居家的一只碗什么时候多了一条裂缝，她都看得一清二楚，这让人很害怕。她一走进卧室，眼睛不用抬就看到了，冷冷地说，毛主席的像坏了，一定又是那三个东西在墙上找什么东西。

她的语气告诉别人，她对毛主席像扯坏一事不怎么在意，她在意的是她的三个男孩的顽冥不化。

倒是孔觉民像个女人一样尖叫起来，什么什么？

他是深度近视，离远了看不清，于是走近了看，也没看出来，就脱了鞋子上床，鼻子一直戳到毛主席的胸膛上。

赵点梅说，看什么，坏了就坏了，重新换一张，把这张悄悄地烧了。

孔觉民这下子看清楚了，对着墙壁自言自语地说，要判刑的。

不知道他指的是什么，是赵点梅的语言，还是弄坏了毛主席像这件事。不管如何，让外面知道了，弄得不好，这两件事都可以判刑。

但赵点梅无畏地说，你怕啥？看你腻腻歪歪地，吓得像条西瓜虫。不说出去，谁知道？

孔觉民转过脸严厉地对她说，你这么大声嚷叫，怕隔壁邻居听不到吗？他脸色煞白，看来真的吓住了。赵点梅鼓起腮帮子不说话了。

孔觉民是老师，赵点梅是工人，虽说从报纸到广播电台几乎每天都在批判知识分子，连孩子也都知道知识分子是"臭老九"，工人农民才是国家的主人，但说是一套，大家私下做的可不会跟着报纸电台走。姑娘们找对象都愿意找"臭老九"，因为臭老九在社会上臭，在家里可是香的，说话做事都讲道理，又讲卫生又懂体贴，钱也不少，对孩子的教导也有一套。所以赵点梅当初找了孔觉民，人家说她是额头碰到天花板——运气好。也因此上，这个家，外面看上去是赵点梅为主，其实是孔觉民说了算。

赵点梅看一眼孔觉民的眼色，乖乖地把孩子们召集到卧室里，孔觉民看着四个孩子说，毛主席是各族人民的大救星，是他老人家让我们过上了幸福的生活。反对他就是反对各族人民，你们谁想坐牢谁就搞坏主席像好了，我不会拦你们，我亲手把你们送进派出所，你们坐牢，我一次也不会去探望的。

赵点梅惆怅地捂住嘴，淌出了眼泪。她一哭，二哥咧开嘴哭了，说，下次不敢了，爸爸救救我！他们俩的眼泪，让孔妮身临其境，好像二哥已经坐牢。于是她捂住眼睛抽泣起来。大哥觉得他对撕破毛主席像一事该负责任，低了头，羞愧地随着小妹哭泣起来。三哥看这么多人哭了，好像也要哭一哭的，就面无表情地红了眼圈。

最后，孔觉民说，这件事谁都不能朝外面说，说了，小二就是现行反革命，我们都是反革命家属，都不会有好日子过。说完他脱下眼镜，眼镜上水汽朦胧，真的是泪花呢。

这么折腾了一阵，上了床后，夫妻俩互相一把搂得紧紧的，眼泪好像还在身体上的什么地方无法拭去，危机催生情爱，两个人浑身发热，迷迷糊糊地在被窝里摸来摸去，眼看一场从未有过的恩爱即将到来，不料到了紧要关头，两人倒冷静下来，不急不缓死气沉沉，还屏着气，床架子咯吱吱一声，马上就停手不动。原来怕隔壁人家听了去嚼舌根，汇报给居委会按你一个莫须有的罪名也不是没可能。

事情很快结束。赵点梅就说，你还说我们过着什么幸福生活，我看是不幸的生活。

孔觉民说，我有什么办法？谁让墙壁不隔音的。我们教务处的处长私下里跟我说，每次过夫妻生活都提心吊胆，像偷人家的老婆一样。老婆为了这个不让他碰。他算了一算，有一年多没过夫妻生活了，老婆的外形越来越像个男人，上唇还长了胡须。单位里斗起走资派，她上台对那些走资派拳打脚踢，当场把一个老家伙打昏过去。我们处长说，夜里和她睡在一起，想想害怕。就怕一摸她的裤裆，摸出个男人的玩意儿。

赵点梅"咕咕"地笑起来，我说的不是这个，这个又不能当饭吃。好不好的都没关系。我说的是家里的经济情况，你看小孩一个一个都大了，穿的衣服全是破旧的，肚皮里也就是半饥半饱。

孔觉民为这个话题愣了片刻，决定采取退让政策，于是说，当然，关起门来说，谁不想过得好，吃得好穿得好。

赵点梅说，这话听着对头。唉，现在也就是床上才能说点真话了。我和你说——上海的人民广场那边，有个换票的黑市，我们吴郭的黑市里，粮票三块钱一斤，那边是三块六角一斤。我把积下来的粮票都让你带过去，你去换了钱，再回来换成粮票，再去换成钱，再把钱换成粮票……我的表姐夫就是这么干的。

孔觉民说，结婚前你是温吞吞的，一结婚，你就凶相毕露，样样事情都逼我。你不要逼我，逼急了我去揭发你。

赵点梅愣了片刻，她想起她的师傅就是被他老婆揭发的，他说毛主席跟耶稣差不多，就为了这句话他判了五年官司。她一刹那心灰意懒，觉得这世上真是什么都靠不住的，冷笑着说，你去揭发吧。我才不怕。我们工人不像你们这种知识分子，胆小如鼠。到了派出所，我什么话都骂得出来。

孔觉民说，算了吧，你嘴硬。钢铁打成的人，进了那里面也叫你化成水……不是吓你。我和你说，我们过得不错了，我们夫妻俩都有工作，比上不足，比下有余。富得像小资产阶级了。你看隔壁的阿三家里，一大家子七口人，只有阿三一个人有工作，真正是家徒四壁。我们家的壁上，还藏着大把的粮票——当然我不知道你究竟藏在什么地方。你再看看巷子口的小白家，老陆家，响应毛主席号召，全家下放到江北，难得回来一次，恨不得连面店的地皮都要啃上两口。小孩身上的虱子爬到耳朵沿子上，一个个面黄肌瘦，可怜。

赵点梅扔下一句话，你还是可怜可怜你自己吧。你们教务主任不是一年多没过夫妻生活了，告诉你，不要说是一年，我两年、三年不过都没关系。不相信你就试试看。

孔觉民吓得差点滚下床，街坊里，男人们私下传着一句话，说现在的女人，不男不女，三十五岁后就不想要男人了。赵点梅今年正好三十五岁。

孔觉民到底没有斗得过赵点梅。一个中国男人没有奴性是不可能的，他从小生活在强悍的母性之下，后来生活在强劲的妻权之中，何况还有不可避免的社会管束：派出所、居委会、邻居、单位的安保部门、路上的陌生人……重重压迫之下，他得努力拿出勇气来保证家庭和谐。

他坐在公交车上去火车站，脸上挂着苦笑。他真切地感到这苦笑已在他的脸上生了根，这苦笑就像从娘胎里带来的面容，这辈子大约无法改变了。

车票是三天前排队买来的。赵点梅一反常态地表现出温柔友爱，陪着他上火车站，他想，没有奴性是不可能的，想摆脱奴性也是不可能的。这时候他碰到赵点梅悄然伸出的一根手指，互相一碰，他感到一阵异常的温暖。于是他想，罢了，我敢这样想还是幸运的，多数男人连这种念头都不敢有。多亏了这个老婆。

多亏了什么，他说不上来，反正觉得这个女人还是不错的，是的，不然的话，他连这个念头也不敢有。

赵点梅到了火车站大门口，就哭了，说心里难受，送人的滋味真不好受。

孔觉民见状心想，哼，假装的吧？为

了哄我到上海去搞投机倒把。脸上却笑了，说，那你就送到这里吧，回去回去，明天是星期天，你们五个去人民公园玩玩，桃花不是开得正好？等我赚到钱回来，我们买只蹄髈吃吃，煨汤。汤面上撒五朵桃花，一朵代表你们一个人。

赵点梅说，煨汤？汤汤水水的不中吃，四个小赤佬前脚吃过后脚饿。不如红烧，多放酱油，多闷出些红油汤，油油的，肥肥的，吃得他们饱三天。

她眼神油亮，仿佛被蹄髈油擦过了。

孔觉民说，好，好，红烧白烧，你想怎样就怎样。一切听你的就是。

大马路上突然响起震耳的锣鼓声，赵点梅想都没想，就朝她男人身上一靠，她是吴郭城的小家碧玉，连乡下都没去过几回。城里的女子，过了下午六点就不上街了。火车站对她来说是个陌生的地方。

孔觉民说，你不是胆子挺大的？在家里骂东骂西，出了门，连个锣鼓声都怕。

赵点梅站直身体，冷冷地说，我才不怕！

孔觉民的心里涌上一股子不快。

他不死心，说，难道我就怕？他靠近赵点梅，嘴角含着笑意，正想表达出男人的气概，却被赵点梅推了一把，赵点梅说，正经点。孔觉民说，怕啥？火车站又没有认识的人。话音刚落，他的耳边响起一声断喝，干什么的？一位戴着红袖章的纠察队员从老远直冲过来，伸出食指狠狠地指着他，孔觉民连忙掏出单位开具的住宿介绍信，上面写明某某是我单位职工，出身良好，政治面貌清白，积极拥护"文化大革命"，因去上海探亲一天，请准予住宿一夜。

该纠察队员看了，还给孔觉民，他的目的并不在此。他看着赵点梅，却问孔觉民，你，眼镜，大庭广众之下打情骂俏搞男女关系，你们是什么关系？

孔觉民连忙鞠躬说，同志，我们是正当的夫妻关系。我们是在毛主席像前宣誓结婚的。

纠察队员还是铁板着脸问，结婚证书拿

出来看看。

孔觉民说，同志，她是送我的。如果我们一起出差，那就要带上结婚证书了。火车快要来了……要不然，你和我爱人一起去家里拿吧。

纠察队员将信将疑，但他是不可能到人家家里去看结婚证书的，这样做的话，队长准定骂他是没脑子的猪猡。他心里矛盾懊恼，少不得又训斥了几句，看见那边来了一个要饭的女人，手指一指孔觉民，铁板着脸去了。

孔觉民说，这年头，自家夫妻都像做贼一样，要是搞腐化，那不比登天还难？——我佩服搞腐化的人。

火车站人头挤挤，乱成一锅糊涂粥。因为都穿着普蓝色的或军绿色的陈旧衣服，一眼望上去就是一锅子颜色污糟糟的隔夜粥。大喇叭里播放毛主席写的诗词，几个红卫兵小将把身上的包朝地上一放，边唱边跳起"忠字舞"。孔觉民推开乱七八糟的人群，朝赵点梅消失的地方看去。他刚才发现，赵点梅的背影无比柔弱，风中柳条一样，这不是假装的，他想多看几眼。

背影看不见了，他心中若有所失。再低头细一想，心中一痛。从来都是他看赵点梅的背影，赵点梅从来不看他的背影。也曾问过她，她倒说，你有病吧？脑子里为什么总是想这个？没有一个人心里老是想这种内容。我看不起你！

孔觉民不和她一般计较，他心中很清楚，没有她，他活不了。

今天太阳明晃晃的，吴郭城的太阳总是带着水汽，今天没有。今天的太阳干净爽利，孔觉民放眼看去，密密麻麻的人，陈旧的街道、商铺……比往日清晰百倍，一直刻到了心里，但这种清晰带来的是巨大的孤独，茫茫人海就像不出声的道具，仿佛只有他一人清楚一切，只有他一人脚踏在地上，看着所有的都将飘浮到天上去。

车站里面比外面还要乱，外面是一锅子糊涂粥，里面糊涂得连粥也分不清了。人贴着人，男男女女，分不出性别，都像一样会走路的东西，这些东西尽量喊叫，仿佛不喊不叫，就会没有了。

孔觉民一进候车室，少不得也喊叫，不喊不叫，好像不对头，冷静的人，不是特务就是小偷，或者心中有鬼，会引人注意的。引人注意的人，不会有好下场。譬如给领导提意见的右派们、搞腐化的奸夫淫妇们、脸上老是笑汪汪的人……

他一直听到有个人在他后面喊，同志，同志……那声音不紧不慢一直跟着他，从门外跟进来，跟了足有一百米，他这才回头看了一眼。一个小年轻，一看就是个游手好闲的小瘪三，头发溜光，军裤烫得笔直。一看就是用搪瓷茶缸子烫的，裤子上面还有茶缸底部的圆印子。

小年轻说，眼镜老伯伯，你喉咙真响，我是喊不过你的。

孔觉民一听得他喊老伯伯，心里不高兴，大声问，什么事？

小年轻两只眼睛左右晃一晃，看看四周的人全都在喊叫，忙着挤进挤出，谁都只顾自己的样子，遂说，老伯伯，我看你像是有票的，阿是到上海？没等孔觉民回答，他念了一吴郭城流传的儿歌：

上海小瘪三，白相天平山，前山滚后山，屁股跌得粉粉碎。

孔觉民便一笑。

小年轻凑上来问，老伯伯，给你一个赚钱的机会阿要？我也要到上海去，我每个星期都要到上海去看我阿姨，她嫁在上海，她快要死了。我是去一次少一次，去一次少一次……

孔觉民看他眼圈红了，真的相信了他的话，就说，你有什么话说？

小年轻说，你叫我阿四好了。三状元弄的阿四。

孔觉民说，好吧，阿四，你想做什么？

阿四说，你这个人真是的，我说到了现在你还不明白，你是真不明白还是假不明白？我想逃票啊，我哪里买得起这么多的票，一个星期一次，不去又不行，我阿姨要想我的……

孔觉民文绉绉地说，哦，你逃票，和我有何关系？

阿四说，有啊，直接的关系。你在前面检票进去，你走到大门那边，我就冲到检票口喊，等等我，等等我，你怎么自己进去了？我朝里面冲，这时候检票员上来拦我，她是拦不住的，因为人太多了，太挤了，我力气大，三两下就挤出检票口了，检票员还是想拦，我就指着你朝她叫，你就在这时候回过头来，朝我挥挥手。我就说，你看，票在他那里，票在他那里。检票员看你一眼就犹豫不定了，你看上去一副老实人，好人的样子。她只要稍微一愣，后面的人就排山倒海地涌过来，把我推进去了。到了火车上，广播里唱完《大海航行靠舵手》，大家朝广播鞠完躬后，我自然会找到你，一张票一块五角钱，我给你六角钱。

一口气说完这些，阿四说，怎么和你没关系？

事情结果就像阿四所说的一模一样，人很多，人很挤，影响了检票员的情绪，检票员看到孔觉民向阿四招手，"犹豫不定"了，然后人群果真是"排山倒海"地把阿四搡进了月台。广播里唱完《大海航行靠舵手》，全体乘客对唱赞歌的广播鞠躬敬礼，阿四就找到了孔觉民，交了六角钱。然后他就走了，他说列车员马上就要查票，他得守在厕所门口，一见到他们就进去躲起来。那么，到了上海如何出站，阿四说，方法多的是，全靠你动脑筋。

孔觉民看到阿四轻描淡写，着实佩服阿四的智慧和勇气，两个人握手告别。

这件事就这样轻松地结束了，从天而降了六角钱。六角钱的用处不是一般得大。孔觉民想起家人紧闭门窗后的笑脸，长吁一口气。赵点梅啊赵点梅，你把我逼出天大的勇气来了。他想。

到了上海，孔觉民下了火车以后就去排队买明天的返程票，排了三个小时的队，最后只买着了一辆过路的棚车票，八角。他拿了票在看的时候，突然阿四就找到他了，阿四看着票只是笑。孔觉民说，笑！笑！还想跟着我逃票？

阿四先是夸孔觉民脑子活络，聪明，而后说，他是想要了这张票，翻倍卖掉，你孔觉民拿回自己的八角钱，阿四自己呢，也赚八角钱。当然他会负责找一个"掩护人"给孔觉民。坐棚车的人大包小包的，还有带着鸡鸭鱼的，更乱。你，老孔，贴着"掩护人"上车，上车以后基本上不查票。火车到了吴郭城，远远地停在站外，你下了车以后不要进站，机灵一点，朝外走，手里的小包包塞到衣服里，这样看上去就不像出远门的人了。好吧，票给我吧，约好时间，我们明天在火车站外面的厕所边等。

孔觉民想，哦，六角加上八角，这趟旅途光车票就赚了一块四角。

他点头同意。他将八角钱的棚车票交给了阿四。第二天中午，他如约在火车站外面的厕所边见到了阿四，阿四把他带去见了"掩护人"，是一个老头，一脸的黑皱纹，头上包着毛巾，这种天居然还穿着棉袄，身边大包小包的，有一只包里放了一头小猪，小猪的头脸露在外面，好奇地直视孔觉民的眼睛。老头沉默寡言，一看就是说不上话的人。孔觉民跟在他后面顺利地上了棚车，棚车大门一拉上，里面黑咕隆咚，老头突然说，哼，带上你赚了一角五分钱。他的普通话说得如此标准，孔觉民着实吓了一跳。小看这老头了，看来他是个见多识广的。

到了吴郭市火车北站，棚车没有进站，远远地在车站外停了下来。那老头握住孔觉民的手，说，同志，你有种！好样的！

孔觉民把小包藏在衣服里，混在乱七八

糟的人群里下了车，悄然走到火车尾巴那里去了，穿过铁轨，转眼消失在铁路边的树林里。

他回去把事情一五一十地告诉了赵点梅，赵点梅鼓励他说，就这样，我们没什么好怕的。胆小的过不好日子。

这就有了赵点梅一点钟的排队，她父母院子里的肉香，一家人关上门窗的吃喝，第二天全家的装腔作势……

有了第一次，就有第二次。第二次逃票也成功了。

赵点梅喜笑颜开。星期六晚上，她把四个孩子全都放到外公外婆家里去了。入夜，孔觉民在灯下看书备课，赵点梅拿了水盆在洗澡，洗好了故意踢那水盆子，水盆子一响，把孔觉民从书里惊出来，哦，他想一想，懂了。于是也去洗漱。上了床，孔觉民不管三七二十一，把床搞得阵阵乱响，邻居在隔壁敲着墙警告他们。赵点梅说，奇怪，你哪来的胆量？

这场风月倒也有滋有味。两个人休息下来，赵点梅对孔觉民说，你明天去上海吧。

孔觉民说，哦。语调里听不出他是情愿还是不情愿。

对于第三次逃票，孔觉民心里有不祥的预感。他盘算着，如果被抓住，就说买不到票，是的，买当场票，无论如何也是买不到的。也就说是第一次犯错，他们会罚款，批评教育。大不了通知单位来领人，那也无妨，反正他在单位里不属于红人，也不是黑人，开个小会批评一番就是了。教导处主任是他表舅舅，想来大家不会朝死里整他。

去！

从吴郭城顺利到了上海，粮票换了人民币。再从上海顺利回到了吴郭，铁路上的地下风景，他已经尽收眼底。来来去去三回，他熟门熟路了。他一脸轻松自在。

他坐在火车最后一节车厢。这次火车头进了车站的天棚，最后两节车厢甩在露天。逃票贵在随机应变，他随着人群下车，突然蹲下摸摸鞋子，猫着身子紧走几步，拐到火车的另一边，几大步就进了树林，寂静的树林子，外面紧挨着一池一池的稻田，稻田边，是村庄。这是乡下了，与火车的那一边的城市风光完全不同。

绕路不怕，只要能安全回家。

孔觉民在树林子里慢慢地走啊走，看看站台在天边成了一个巴掌大的物事，天黑下来了，树林里没有鸟儿，它们觅食未归？还是被饥饿的人们用弹弓打掉了？周围一个人也没有。他放心地从树林里出来，准备过铁路。对面也是树林，树林另一边是一条小公路，路上跑着一辆拖拉机和一辆"东风"小卡车。

穿过铁路了。穿过树林了。……没穿过一个人 —— 他居然撞在一个人身上，还是一个女人。他看清是一个年轻女人，穿着蓝色的民警制服，是个女民警，血色不太好，嘴巴有点发白。是她撞了孔觉民，把他撞倒在地。她一手指着孔觉民，语气严厉但洋洋得意，哼，我早就注意你了，上次让你逃了。你以为总能逃过我的手？车站里每天成千上万个人走过，什么样的人，全逃不过我的眼睛。

她自说自话，孔觉民可从来不知道她的存在。

她长着小而细长的眼睛，毛绒绒的睫毛像阳光一样散开，差不多覆盖住了眼睛。孔觉民脑袋一晕，也是他急中生智，不怕人笑话，坐在地上，一脸惊喜万分地说，哎呀，你怎么到这里来了？

女民警吃了一惊，随后冷静地说，你怎么会认识我？少打岔。站起来！

孔觉民想，完了，今天完了。他不愿意就这样束手就擒，他站起来，说，你脸上有一粒芝麻。伸手在女民警脸上一摸，摊开手掌心让她看。可不是，真是一粒白色芝麻，丰满多汁的芝麻。

芝麻来自孔觉民的口袋，他口袋里装了两只大饼，昨夜和今天早上，吃的就是它们。

这粒芝麻来历可疑，但女警恰好刚才

吃了人家给的半只大饼。她皱着眉头，不表态。其实，天黑了，孔觉民怎么会看到她脸上一粒芝麻？

孔觉民不失时机地弯腰鞠一个躬，说，我该死，我逃票，我有资产阶级思想。……你真像我认识的一个熟人。

哦，像谁？她终于表现出好奇心。

你像……你像我的第一个女朋友。孔觉民继续撒谎。

在以后漫长的岁月里，孔觉民始终在想一个问题，当时他可以朝郊外的农田里跑，为什么不跑？天已黑了，这里离开车站起码有三公里的路，他完全可以逃走。这女民警一看就是营养不良的，嘴唇发白，制服里面的身体瘦弱纤细，楚楚可怜。

那么，他为什么不跑？几次逃票，他已有足够的胆量逃离。

他没有逃，足够的胆量还是不够。

她确实像一个熟得不得了的人，像谁

呢？他一时想不起来，但有一点是肯定的，她像他生命里一个十分重要的人，这个人不见踪影，但时时刻刻存在于他的内心深处，他无比空虚的时候，这个人填补他的灵魂，他没有勇气的时候，这个人给他力量。她就像这个人。

再看看她，她的脸上没有悲苦，没有喜悦，没有好勇斗狠，她训斥他的时候，脸上也是平静的。她像一个刚出闺门的女孩，带着青涩，需要成熟。所以，她的蓝色制服，帽子上的国徽，这些令人生畏的东西他全都视而不见，他一直看到了她的内心，温暖、善良，有些呆，有些傻，时而聪明，时而愚笨，一览无余。这些特色他都喜欢。她有时候会在说完一句话时，扬一扬左边的眉毛，轻微的，只是一个小习惯，这习惯引人注目甚至想入非非。扬起左眉的同时，她的左眼梢也朝上微微一挑，显得很不寻常，透露出她内心的另一方面。是什么呢？是风情。孔觉民很激动地感受到了。

她听了孔觉民的话，没有生气，捂着嘴笑了一声。孔觉民想，她相信了。她的心软了，真是幸运！我的幸运是靠勇气得来的。

你叫什么？她问。

孔觉民。

她问，孔觉民，你刚才说你是第一次逃票？

孔觉民回想一下，自己没有说过这句话。她不是说早就注意他了？显然这是她有意给孔觉民撇清的机会。在她面前，他实在不好意思再说谎了。他低下头，把投机倒把赚来的钱，和不是投机倒把赚来的钱，统统拿了出来，捧在手上递给她。她掏出一张纸，包住这些钱。她小心而专业的样子，表明在她眼里，这不是钱，是罪证。

她说，念你初犯，没收你这些赃款。你住哪里？

孔觉民说，孔家巷二十五号。

她说，你跟我来，朝车站里走。你往这里走的话，越走越远，两个小时也到不了家。

两个人朝车站里去，车站里一共有两个

民警，今天只有她一个人在。两个民警没有单独办公的地方，与车站的服务人员管理人员全在一个大办公室里。他们走过办公室，她就扔下孔觉民，自己走进去了。孔觉民在门外听见有人招呼她，阿兰，你和谁啊？

她不吭气，过了一会儿居然说，亲戚，碰到一个亲戚。

孔觉民迷迷糊糊地想，我是在轧姘头吗？

又有人问，阿兰，我看不是什么亲戚啊，是不是对象？

这个叫阿兰的女人说，我带着三个孩子呢，谁肯要我？死鬼脚一伸，年年只碰一次头——清明节烈士陵园里碰头。……谁肯要我这一大家子的，婆婆公公小叔子。哈哈。

她看来是笑给孔常民听的。

孔觉民在窗外头一伸，看见她落了座，桌子上有一盆兰花，吴郭城出产兰花，山上到处都是。

他再次死死地看了她一眼，要把她看到心里去。她确是一个与众不同的女人，脸上的神情和行为举止都是精致有趣的，比撒娇要矜持一点，比矜持要做作一点，她的心里好像荡漾着一股暖洋洋的东西。

那么，她心里到底荡漾着什么东西呢？她倒水，和人说笑，捋头发……哎呦，孔觉民豁然明白，小兰的心里有个情人，她的一举一动全是做给这个无形的情人看的，这个无形的情人无时无刻不在注视着她，从天上，从身后，从隐藏的任何角落，所以她行为举止和脸上表情会这么精致有趣。

孔觉民想，居然也有这样的女同志，真正是绝代佳人，被我碰到了，运气好。

他离开窗户，路边正好有一只积满雨水的小水塘，像脚盆那么大，孔觉民歪过身去，朝水塘里打量自己的脸容，怎么看都是顺眼的，怪不得小兰那么轻易地放了自己，定是她的心里被自己的风采打动了。

孔觉民自怜了一番，去坐公交车时，才发现自己身无分文，前后一想，小兰的行动让人生疑。他心里一动，隐约明白了什么。

但是，他不在乎。他愿意。不仅愿意，以后还想资助她的生活。

孔觉民勇气倍增。

那里，小兰收起脸上的微笑，看着桌子上的那盆兰花发呆，兰花是她的心头之爱，这盆春兰她养了五年了，每到一个地方，桌子上总有它的落脚之处，但是近年来，她觉得和这盆兰花之间有了一股隐隐的敌意，兰花朝她叹气，吐口水，嘲笑她，奚落她。等到它孕出花苞，尖锐的淡绿色花瓣时时刻刻在等待机会刺痛她。她端起花盆朝门外一扔。

第三次逃票也算成功。可是钱呢？赵点梅冷着个脸，冷了他一个星期，终于和他说了话，第一句话是，哼，你说被小偷偷了？你是死人啊？

孔觉民听了这话，转身就走。一个人在大街上瞎走，突然听见火车的吼叫声，明明白白在召唤他。死人都会被它唤醒的。他赶紧回去对赵点梅说，这样，我再去一趟上海，绝对把你损失的那笔钱再赚回来。

赵点梅说，哼，我损失？难道你没有损失？

孔觉民的眼前，小兰的样子闪闪烁烁。没有。他想，我才没损失呢。

男人改变也快的，昨天他还觉得没有赵点梅是活不了的，今天他觉得没有小兰的话，他的生活毫无意义。三状元弄的阿四，是他急需见到的人。逃票，没有阿四不行。

刚到弄堂口，就见警车堵在那里，里面的人不让出来，外面的人也不让进去。阿四被两个身强力壮的民警反揪着两手押出来，他弯着膝盖急速行走，像舞台上的小丑，但是他眼神凌厉，无所畏惧的样子，令人震撼。

警车走了之后，孔觉民扎到人堆里听闲话，警察抓捕阿四时说，阿四长期不务正业，从事倒票活动，投机倒把行为严重，疯狂扰乱社会秩序，向党和人民示威。

这是一九七六年四月十日的事，"清明节"刚过，天安门发生了"反革命"事件，这件事离孔觉民很远，但阿四被抓让他日夜揪心。

一个星期后，孔觉民在学校里被警车带走，另一路人马在他家里抄家。警察移开一家子使用的大马桶，赵点梅藏在马桶后墙根里的粮票马上就露了馅，面对一盒子的粮票，赵点梅低下了高傲的头。她的四个孩子也都在家，警察走了之后，他们都去摸摸马桶后面的那个洞，没想到妈妈的宝贝藏在这里啊！

两个月刚过，孔觉民的脑子就糊涂了。整天在牢房里念念有词：一块五角、一块九角、八角、一角三分九、六角九……

同牢的犯人，全都取笑他，说他是个软骨头书呆子，才两个月就这样了，六年的牢坐下来，那还不成了活死人？他们说，孔觉民的生活算好的，其实没必要再去冒险。他的四个小孩功课都好。他的老婆把钱藏在马桶后面。让孔觉民吃官司的，不是倒票大土阿四，是车站民警阿兰。她当派出所所长了——刚成立的车站派出所。

他们问他，喂，你和小兰睡过觉没有。听说她很骚。

孔觉民狠狠地朝他们脸上吐口水。

他们说，这小子胆量不小。揍他！

这座监狱是民国的砖瓦建筑，设计精巧绝伦，外面看是一座三角形的建筑，里面就是一个又一个迷宫一样的走廊，走廊两边无数的牢房。赵点梅去看了孔觉民，没有话好讲，说，这座牢房倒是很漂亮的。孔觉民说，是的，我知道。这些天，我深刻反省自己，才明白思想深处的东西，我看上去是投机倒把，其实是对社会主义社会不满，用投机倒把行为掩盖反社会的目的。我最难过的是辜负了小兰的一片心意……

赵点梅无法不吃惊，小兰？小兰是谁？

孔觉民已经忘了是自己提起小兰的，说，你怎么知道她的？

赵点梅说，我不知道啊，我要你说啊。

孔觉民看了她一眼，强硬地捍卫小兰，

说，这件事，我们棉花店里找老板 —— 不谈（弹）。

赵点梅倒抽一口冷气说，不谈？你敢对我这样？你好大的胆子？你又搞投机倒把，又搞腐化，坐牢的人，还这么狠？……不谈？好啊，那我们就气功大师拍砖头——一拍两散。

转眼就过了三十年，二零零六年。赵点梅在三十年的时间里，与现今的丈夫每提起孔觉民，总以"畜牲"代称。……过了三十年了，"那畜牲"也老了，坐了两年牢出来，没有单位要他，"这畜牲"撕掉一张毛主席的像，索性搞投机倒把了，倒洋货，倒汽车，倒药材……什么都倒。没有投机倒把的罪了，投机倒是搞活经济。没想到他发大财了，有司机给他开着"凯迪拉克"，他的公司里，听说全是美女，他忘了嘴里念念叨叨一块九、一块五的日子吧？他就该坐牢，坐满六年牢，没想到"文革"结束，"畜牲们"全减刑了。还有,这"畜牲"居然没搞腐化,他是一厢情愿,为了一个不相干的女人和嫡亲的老婆离婚,你说是不是脑子发昏?他当时只要反咬一口,把小兰拖下水,不仅小兰完了,婚姻也就保住了。可惜他一味地替小兰隐瞒。

赵点梅这么多年来没闲着,小兰的情况她知道的一清二楚,什么时候搬家,什么时候有了相好的,但没有结婚。小兰的几个孩子,谁考上了大学,谁出国了,谁顶替母亲到车站里找了一份事做。如果没有小兰的消息,她就心里闷得慌。她还打听到了一件事,小兰并不是为了当派出所所长抓捕孔觉民,她只是为了两条鲤鱼。是的,只是为了两条鱼,"清明"节后的一天,车站里搞来了一批鱼,一五一十地分,分到最后剩下两条鲤鱼,给谁呢?领导犯了难。小兰坐在她的座位上,用圆珠笔敲着她的笔记本说,唉,配合运动,这几个人是要抓一抓的……既然她准备抓人,那是辛苦的事,这两条鱼给她，是天经地义的。

孔觉民真的不如两条鲤鱼？

赵点梅指着孔觉民的鼻子说，你在她的眼里，只值两条鱼的钱。你倒为了她妻离子散。

孔觉民说，我愿意。

前几天她到孔觉民的公司去看女儿，看到一屋子年轻漂亮的女职员，便有意提到这件往事，不客气地调笑道，老孔啊，小兰家里你有没有去过？要我说，你好歹睡她一睡，要她看看，你到底是不是只值两条鱼的钱。

隔了一天，孔觉民让女儿孔妮带给赵点梅一张小纸条，上面写着：孔觉民二十多年来，凭着过人的胆识，经营幸福生活。现拥有市中心两幢三层写字楼，共一万平方米，按市价每平方米八千元算，值八千万，两楼别墅，共一千五百万，两辆凯迪拉克值三百多万……

纸条最后写了一句话：我已经很多年没有关注价钱的习惯了，为了你的话，今天破例。

赵点梅看见这张简单的财产清单，笑得

脸上的皱纹像膝盖，说，这老畜牲，到底坐牢坐出毛病的，跟我汇报家产……

孔妮脸上掠过一丝对母亲的鄙视，母亲也好强，不过她的好强没有成功，现在只能在家里打打麻将，听听佛经，骂骂前夫，偶尔也听听费玉清的歌，什么往事不能留，浮萍各西东……孔妮说，这辈子，我只佩服三个人，一个是我爸，一个是我丈夫，还有邓小平。

这世上没有重复的感情，所有的感情都是不一样的。赵点梅要是知道这一点，当初就不离婚了。

桃花又开的季节，有一天晚上，孔觉民和阿四一帮老友正喝着酒，猛听得火车一声激动人心的吼叫，浑身的血朝脸上涌，受了它的召唤，仿佛要到什么地方去，一定要到什么地方去。于是叫了司机，推开众人，走了。

司机问他去什么地方。

他说了两个字，火车……

小兰不是住在那里吗？小兰住在火车

站的后面，他路过几次，终究没有走进去。那儿原是一片杨树林和稻田，现在全成了住宅楼。小兰曾经把他的勇气消灭光了，他后来滋生出来的勇气，与小兰无关。……与赵点梅无关，与他的孩子们无关，与任何人无关……

那与什么有关呢？

到了火车站，他才想起要做一件事：逃票。

他并不想看见小兰，她早就与他无关了。

他下了车，换了司机身上的普通衣服，接过司机给他的钱，挥手叫了三轮车。一坐上去，时间就慢了下来，忽然又回到了三十年前琐碎的生活里，缓缓地令三轮车夫，把他带到检票大厅门口。

他许久没来火车站了，有手下人在外面办事，他几乎不需要出差。如果一定要去外地，近的让自己的司机开轿车过去，远的坐飞机。进了火车站，他的心"扑通扑通"直跳。

火车站重新翻修过了，人人都专注做自己的事，没有人多管闲事，你就是倒在地上，也没人多看你一眼。三十年前，他在这里碰到阿四，三十年前，他在这里还看到过一位要饭的女人，这女人现在还在，是个乞丐婆了。乞丐婆的脸以前是瘦削青黄的，现在不一样了，就是在灯光下也看得出她神清气爽。

孔觉民掏出所有的钱放在她的碗里。这碗还是破旧的，但现在不是用来盛饭而是用来盛钱的。老太婆瞄一眼孔觉民，说，人生其实很简单。各种辛苦，各种手段，剥了皮剐了骨，（看见的）就是吃喝二字。所以我要饭不觉得丢脸，城管老是来赶我，我也不走。

要了多年的饭，她好像成了先知先觉。

车站派出所挂着大牌子，孔觉民在窗外有滋有味地看了一阵，民警很忙，抓住了在厕所里吸毒的，在车站广场上卖淫的，还有聚众斗殴的。这些人在派出所里吵吵闹闹，喉咙比警察还响，一位中年民警拿出电警棍往桌子上一拍，吵声小了一点。

车站的检票口，往南去是五个，往北去

也是五个。孔觉民站在往上海去的检票口，看那检票的一个女孩。这女孩长得像小兰，她与小兰一样，也是那么与众不同。小兰是时时刻刻拘谨做作，仿佛身边有个情人看着她，这个女孩恰恰相反，她满不在乎，嘴里吃着蜜饯，目中无人，芸芸众生，没有一个能经过她的眼，更别说经过她的心了。

孔觉民想，就逃她的票了。

现在逃票，不会通告单位，不会通知居委会，更不会判刑。罚款而已。

孔觉民夹在人流里朝前走，经过女孩身边，女孩看了他一眼，他有气无力地指指前面，说，票在前面那个人身上。女孩没吭声，让他走了。孔觉民走到边上，站下来看这女孩，这女孩子二十几岁吧，她与以前的女性完全不同，她轻松，不负责任。孔觉民喜欢她这种不负责任的样子。

孔觉民又走回去了，站在她身边。检票已经结束，检票口空荡荡的。

女孩说，你怎么还不走？等火车要到月

台上去，火车不会开进来把你拉走的。

孔觉民说，我逃票，你怎么不骂我？也不拉我出来？

女孩说，不就十几块钱吗？我懒得理你这种人。你就是上了车也得补票。

孔觉民说，我身上一分钱也没有，我没有钱补票。

女孩掏掏裤子口袋，又掏掏上衣口袋，大大小小的钱票，大约也有十几块钱，挺侠义地放到孔觉民手上。

她肯定唤醒了什么，因为孔觉民想碰碰运气了，他说，你像我的第一个女朋友。

女孩说，哦，你的第一个女朋友像我，那你是了不起的。

孔觉民想，运气不错，这女孩不讨厌我。他说，其实……我是大老板。我在市中心也有两幢大楼……我是单身。

女孩说，嗯，你对我说这种话，有胆量！你脸红不红？

女孩的同事们，这时候围过来，对她

说，你上辈子积德，这辈子有个大老板来娶你了。

女孩笑着，对孔觉民说，你还不走？

孔觉民说，我等你一句话。

女孩说，好呀，你要是个亿万富翁，我就嫁你。

孔觉民说，你等着，你敢嫁，我就敢娶你。我下半辈子就靠你活了。

走出大门，他回头望着女孩补充一句，你是国家给我的补偿。

时代千变万化，却是万变不离其宗。孔觉民终于明白，他后来孤军创业的勇气，冥冥之中，应该和这女孩有关。

2013年4月13日至7月2日

桃花渡

　　我从市中心搬到白菊湾的花码头镇，两个月后，一岁大的猫咪小玫瑰得了传染性胸膜炎死了。半年前，一个冬天的夜里，它在垃圾桶边奄奄一息，三个残忍的孩子正朝它身上浇冷水，我就把它带回家了。

　　近来天气已热，一天晒下来土地就会裂开大大小小许多口。所以我得尽快把它安葬。我抱它进屋，给它裹上它生病治疗时用的棉布，再盖上我的一件睡裙。带上铁铲，正准备到蓝湖边去埋葬它的时候，风来了，然后雨来了。我被堵在家中无法出门。这场风雨停留了两个多小时，下午五点半，我再次抱起小玫瑰出门的时候，外面的世界已改变不少。首先我的黄瓜架子坍塌了，支撑番茄的短竹棍全都歪向了一边。院子里，我苦心经营的"茄林"被狂风暴雨摧残得一地紫色茄花，一只又一只的小青蛙从"茄林"里蹦跶出来，湿漉漉的小身体闪烁着水光。

我抱着小玫瑰向西边走。很快到了湖边的桃花渡口。这是一座几乎被人废弃不用的老渡口，渡口边长着几棵古老的桃树。在它不远的地方，开发了一个供旅游用的新渡口，载着游客的游艇来来往往。

暴风雨过后的湖不再是淡蓝的，呈现出纯正的烟灰色。它波涛起伏，如滚滚浓烟连绵不尽，气势惊人，也美得惊人，不像是人间的东西。

我在一棵老桃树下挖了一个坑，把小玫瑰放了进去。小玫瑰是一只漂亮娇艳的小公猫，它友善而不阿谀，敏感但克制。它的坚强富有层次，在它身上我看到了比人更多的优秀品质。这个世界的人不能被真心爱恋，因为人的心太复杂。但是你尽管放心去迷恋动物或者植物。我爱动物和植物。

埋葬了小玫瑰，我退回大路，坐在高高的路沿上欣赏暴风雨后的蓝湖。刚坐下就走拢来一位船娘，一脸认真地走过来问我刚才埋的是什么，我告诉她，是一只死去的小猫。她抿着嘴，黑色多皱的脸生动地现出微笑，她说，只有城里人才会做这种奇怪的事，一只死猫，包着漂亮的布，埋在桃树底下。她一双埋在皱纹里的眼睛颇有见地地瞅我一眼，补充道，你一看就是一个城里人。

坦率得像孩子的船娘并没有给我带来不快，相反，她的真诚让我感到有趣。

波涛滚滚的蓝湖正在渐渐安静，它灰色的水面眼看着就要变成蓝色。这种变化让我想起种黄瓜，当第一只黄瓜从花蒂下面伸出来时，我坐在差不多手指头一样长的黄瓜边上，坐了三个小时。我看不到黄瓜生长时的动态，但是三个小时中它确实又长了有半根手指那么长。真是令人喜悦和惊奇。我的身后是整片的秧田，翠绿的整齐的秧田里，两只长腿大白鹭悠然地寻找食物，又像在水田里照自己和影子。须臾一飞冲天，也是令人惊奇和喜悦的。

在我不经意的时候，突然就黄昏了。湖边的黄昏与我习惯中的城里的黄昏大不一样。这是一个清亮的青黄色黄昏，天地之间聚集着浓重的黄光，这种不同寻常的黄光来自于四面八方，来自于土地，土地上生长的草和树木；来自于天空中停留的云；还来自于土地和云之间的空间。它们有着黄铜一样细致而温柔的质地，也像黄铜一样沉重和波澜不惊。

我刚经历了爱猫的死亡，现在又置身于这样美妙的天色中，心中又是喜欢又是悲伤。这时候湖中间的小岛上摇来一只小木船，我看见船头上影影绰绰地坐着一个人。

我就爱上了这个坐在船头的人。

我是一个享乐主义者。风，花，雪，月；雨声，读书声，诵经声；一杯喜欢的酒，一道精美的小菜，一支不俗的香水；一个暧昧的眼神，一个漂亮的手势，一句动人的话，一份笑容……都能让我享受到此中的快乐。而世上所有让我喜欢的事物中，最爱的是爱情。

但这是以前的事——很多年以前的事。我已有多少年感受不到爱情给我带来的愉悦了。我现在只喜欢动物和植物，只有它们才让我永久地感动。

我坐在路沿上，看着湖里的那只船摇近，我看见那个坐在船头的人是一个僧人，穿一件肩膀上打着深色补丁的旧僧衣。湖中间的岛是清云岛，岛上有一座清云寺，为明朝一位禅宗大师所建。这么晚了，这位僧人出岛是有原因的。也许是到岸上的寺院里去参加延生大会，也许是到刚有人逝去的人家去念往生咒……也许以上的理由都是一个空相，真实的原因是佛指引着他，去拯救一个坐在路沿上的情感已经麻木的女人。

僧人跳下船。

我的目光随着他移动。这么热的天，他

规规矩矩地垂着袖子。我见过许多僧，天一热就把袖子挽上去露出胳膊。他看来是一个严谨律己的人。他走过我埋小玫瑰的树下，停下脚，非常专注地看着松动的泥土。我坐在他经过的路边，他没有发现我的目光。一辆公交车驶过来，他上了车。

我回家了，我的心中荡漾着淡淡的愉悦之感，因为我又会爱人了。每当心中产生爱情的时候，我会爱所有的一切。

我做了一个凉拌黄瓜和西红柿炒鸡蛋。吃完了晚饭，月色十分明亮，我想去看月光下的蓝湖，信步就走去了。刚走到一半的路，手机响了，原来是城里的女友唐莉来的电话，她问我现在有没有兴趣相看一位英俊的男士。我马上就答应了她。唐莉说，真没想到你这么快就答应了，我原来以为你会出家做尼姑的。这下好了，你又回到尘世里来了。可爱的尘世啊！唐莉还这么说，语气真诚。我好像看到了她聪明活泼的样子。

我开车进城。找到唐莉要我去的"好"

茶馆，按照唐莉的描述，我很快找到那位与我见面的男士。这位男士四十岁不到的样子，剃着很精神的平头，天这么热，他端端正正地穿着一身白西装，一看就是个可靠的律己的人。我刚坐下不久，他就对我说姓崔，他五岁前姓刘，因为父母离婚就改姓了母亲的崔姓。他的母亲后来没有姓了，而是叫云惠——她出家了。人家都叫她云惠师傅。

崔先生刚见面就这么详细地解说自己的姓名，可见他对我是感兴趣的。过了一会儿他出去了几分钟，回来时手放在背后，到我面前才把手放到面前来，原来他是出去买花了。三支向日葵花。他说他知道我喜欢乡村，他也向往这种田园生活。他说着这些话，脸孔上放着光辉，丝绸一样的光辉。光辉的底子是真诚的羞涩，淡红的羞涩，我许久没见着了。

我今天真的兴趣很高。我希望与英俊有礼的崔先生好好地谈情说爱。于是我们就选了一个大家都喜欢的话题来说，关于乡村。

我在乡下住了快一个月了，每天都有非常新鲜的感受。譬如：怎样垒山芋土，怎样搭黄瓜和丝瓜的架子，选番茄苗时要多长的"肉芽"才好？什么时候拔草，什么时候除虫。田里有许多小动物和小昆虫，尖嘴田鼠，黄鼠狼，青蛙和癞蛤蟆，各种颜色的蜘蛛中，数那种通体碧绿的透明蜘蛛最好看。各种颜色的蝴蝶里，还是大黄的引人注目。……田地的上空，回荡着各种鸟类的叫声，山鸟和水鸟，最让人喜欢的是白鹭。

再说露珠。湖边的露珠与城里的露珠是不一样的，现在这时候，城里的露珠一出太阳很快就蒸发了，而湖边的露珠到了十一点钟还在。但是需要加以说明的是，早晨六点的露珠与十一点钟的露珠在大小和透明度上是不一样的。

白菊湾、桃花渡。菊花是死亡或不朽，桃花是短暂和忧伤……

花码头镇里有一条从东到西的花码头河，河两岸的房屋鳞次栉比，屋前的大青石板油光锃亮，河里船来船往，穿行在俗世的烟火里。

我住在花码头镇子的后面，夜里听得见镇子里的喧嚷，也听得见蓝湖的波涛声。

以上这些，崔先生听得津津有味。

崔先生也回忆起他的童年，最后他说，他人生中美丽的片断竟然都在童年。然后他庄重地说，人生中这些美丽的片断与任何人都可以说的，只是有一种伤心事只能说与自己听。

我同意他的观点。

忽然就没有话了。

我打起精神还想对他说些什么。我感到他也想这样做。如果我们能成功地这样做的话，关系就不同寻常了，但是坐在那里，感觉到身体在一点一点地疏远，感觉到大家的心都在无奈地叹气。力不从心的，心还想留在这里，身体脱离了心的控制远离了对方。我明白了，我们只有过去而没有未来，我们只有过去可以互相分享。

我们互相看了一眼，笑了起来。崔先生说，这是他数以百计的约会中最好的一次。说真的，这也是我想说的话。

　　我们两个人是在三楼临窗而坐。高大的梧桐树叶一直遮蔽到我们眼前。从上面望下去，城市的光和影极尽奢华，到处是人类文明的痕迹。我出生在城市，在城里整整生活了二十八年，从来不知道城市到底意味着什么。就在今晚，我突然明白，城市里的文明和奢华，原来是为了消除人心的孤独。

　　但城市并没有消除我的孤独。而现在，崔先生，我刚找到了你，转眼之间又失去了你。

　　崔先生站起来去卫生间。内心的孤独使我一时冲动，我也站起来，尾随着他。当他出来时，我伸手拦住了他。崔先生当然懂我的意思，他轻轻拉住我的手，在我的额头上亲了一下。我本来想建议他去我的住所共度一宿，但是就在他轻挽我手的时候，我改变了主意，因为他手掌上正常的温度让我知道，他对我的感情是在衣服以外的。我对他说，谢谢他，他是我约会中见过的最好的男人。

出了茶馆，我们一个要朝西边去，一个要朝东边走。我们握手告别，崔先生说，他见了我，他的生活才圆满了。我当然不信这句话，但我相信，我们以后相见，定是绝好的朋友。

我回到家时是十二点过后了。我把崔先生送我的三支向日葵插在长颈花瓶里，放在我的书桌上。手机显示我的电脑里来了三封信。我打开电脑，两封是我的学生发来的，一位是女学生，她很实际地解剖了自己下学期上大学二年级时将会产生一些物质上的"困惑"，而她的农民家庭无法给她解除这种"困惑"。因此，她现在就得找一个"赞助人"，店老板也行，包工头也行……另一位是男学生，他抱怨现在的女孩子外表单纯，内里复杂而物质。他说他心中的完美女性是我。第三封信是一件误发的信件。一位男性写给一位女性的，上面这样说，我在茫茫人海中寻觅到你，我以为人生从此有了着落，但我无法看透你的心思，你到底是个什么样的人。你只给我身体，而我要的是你的灵魂……

看了这些信，我心中空空，什么愉快的事都想不起来。于是睡了。我睡着的时候，我的心记起了白天愉快享受的事。我看见了黄得耀眼的黄昏里，一只手摇的小渡船，上面坐着一个人。我的心中又开始荡漾着爱情的愉悦。淡淡的愉悦，然而是纯正的。

醒来时我的心还在愉快着。

上午十点多钟，我又去了桃花渡。我在很远的地方就看见了小玫瑰的坟上亮着一个白点，走近看见是一簇白色的太阳花，整整齐齐地树在泥土里，叶子上还闪烁着昨夜的露珠。不知道为什么，我断定这是昨天那个僧人所为，因为只有他才那么专注地看了小玫瑰的葬身之处。

我马上决定到清云岛去。为了节约时间，我没有在桃花渡口坐手摇的小船，而是到了另外的渡口坐了汽艇。坐汽艇价钱比手摇的小船贵了一倍多，速度也快了一倍多。但是它非常吵，而我的情绪又是这么激烈，我大声地问船主一些话，企图压过机器的轰鸣声。

这位船主显然不太愿意回答我的问话，他只是说，他也不是岛上人，因此不知道岛上的情况。

一刻钟后我到达清云岛。因为大声说话的缘故，我的喉咙有些疼痛。上岸不久，我的胃里一阵作呕，连忙跑到草丛里蹲下呕吐起来。几个僧人走过我的旁边，视而不见。我从眼角边瞥见他们的长衫毫不停留地飘然而过，我还听到他们中的一位用手机在打电话，说着猛浪的语言。我的心平静下来了：到处都是尘世啊！

我这是第一次踏上这座岛，岛上长满花木果树。清云寺就在岛后面的高山上。我站起来四下张望，看见岸边停着一只手摇船，招手让船老大过来，我坐着小船就返回去了。

只有浪花拍着船舷的声音，我得以用正常的声音与船老大说话。也许是生活节奏缓慢的原因，船老大说话的声音也是慢吞吞的，黑红的脸上挂着微笑，很乐意与人拉家常。当然先从汽艇说起，他摇着头说，开汽艇的那些人经常与游客吵架，他们整天匆匆忙忙，脸上没有轻松的笑容，很多人的心脏、耳朵和胃还生了病，哪里像他这样过得悠闲？这一带的渡口，只有他一个人坚持摇着小船来来往往。因为他乐意这么做。这是一种享受。你知道吧？许多外国人就喜欢坐他这种小船，但是他们出手并不大方。

风平浪静，中午的湖水涌出一股青草的味道，闭上眼睛，整个蓝湖可以被想象成一个草原。

如果不着急回去吃午饭，船老大说，他会为我吹一首笛子。

我已知道他姓曾。船老大老曾。

老曾说着就拿出一支笛子来，我不禁笑了，问他，是不是经常这样为游客吹笛子赚点额外的小费。他说，才不是呢，这把笛子是清定师傅送给他的，清定师傅说，如果客人很烦闷的话，就为他吹一首曲子。

我心里一动，突然问出一句令我自己也惊奇的话，清定师傅昨天傍晚不是上岸了吗？

老曾说，是啊，他夜里坐着他的船回寺了，今天又上岸去了。

我现在已经断定昨天傍晚我爱上的那位僧人法名叫"清定"，小玫瑰坟上的那束白色太阳花肯定是他所为。为了确定这一点，我让船老大又把我摇回了清云岛。在清云寺的居士楼下，我看到一棵松下长着一片太阳花。白色居多，杂着别的颜色。我是爱植物的人，凭我的感觉，我知道小玫瑰坟上的太阳花来自这块泥地。

我问一位走过我身边的老僧，清定师傅什么时候回来？

那老僧云山雾罩地快乐地说，我不懂什么叫"回来"，也不懂什么叫"不回来"……

今天夜里，我还是想看月光下的湖水。搬到白菊湾的花码头镇上两个月，忙于琐碎的事，还没有认真地欣赏过月光下的湖水。今天是农历十四号，月亮在十点钟时就升到天顶上了。我在这时候拖了一双草拖鞋出门去，全身心洋溢着快乐，连脚指头都感到甜蜜的。

花码头镇子外，住的大多数都是农民，少数打鱼人。有些农家有船，除了种田，还不时下湖去打鱼，是半渔半农的。像老曾这样的人，家里也是种着水田和旱地，因为本地气候益农，收成不愁。所以老曾把田地让给老婆打理，自己抽了身出来专做摆渡人。

月夜，神秘的单纯的月夜，既负担承诺，又隐藏变化。

我信步走到了桃花渡，公路的这一边有人家的灯还亮着，公路的那一边是空空的一个湖，湖上空一个黄黄的小而结实的月亮。它极亮。与我想象中的不一样，湖里没有月亮的倒影，只有长长一抹被风打碎的月色，但是在月光下面，我能分辨出芦苇的绿色和我衣裳的红色。我坐下来，叹了一口气。到了这里，才知道我为什么牵挂这里，原来心里想着一个人。

这个人就如被我呼唤似的，出现了。他穿着长长的僧衣，规规矩矩地放下袖子，我好像还看到他肩膀上打着补丁。他的僧衣很旧，这么旧的僧衣现在是不多见了。现在的僧人吃得好穿得好，还用着手机和电脑。

我想知道下面会出现什么样的故事，说实话，爱上一个僧人，我并没有犯罪感。这个爱不是我要的，是天和水，草和木，总之是大自然让我重新感受到了爱情。我现在好奇，温情，平静，与大自然融为一体，我从未经历过这样的感受，我内心贪求这种感受。

我坐到一棵树下，看着僧人清定和船老大老曾从公路那边的村子里过来了，他们越过公路朝湖边去了，那里停着老曾的船。他们上了船，慢吞吞地朝湖里的清云岛划去。水声渐去渐远，我的心里涌起了淡淡的惆怅，这惆怅告诉我：我想要未来。这也是我不曾经历过的感受。

我又从月光下踱回家了，月亮变白，月色如昼。我为我的爱情而感动，我还对未来抱有幻想。总之我变成了一个傻女人，但我喜欢这样。

回到家，我没有开灯，而是点上了一支蓝色的大蜡烛，放在桌子上，再打开一瓶红酒，倒了小半杯，坐在烛光下面自饮自酌。我还无比赞叹地说，生活真好！让我品尝忧愁和爱恋。

上午，我是被我手机的震动声闹醒的。拿起来一听，是唐莉打来的。她问我为什么不给她打电话，我努力让自己清醒过来，努力地想她这句话的意思。她没等我回答，哈哈大笑，说，你最近走桃花运了，有一位英俊的男士等着见你的面。他是一位钻石王老五，因为看了你写的诗歌，一定要见见你的面。你说吧，什么时候有空？我好不容易才定下神，问她，前天晚上那个崔先生，你怎么不问问我和他的情况。唐莉说，我不想问！这件事我烦躁。你知道对方的介绍人是谁吗？一个我不喜欢的女人——我的顶头上司。我昨天想讨好她，低声下气地去她办公室问问情况，刚问了她半句，她就回答我，不必问了，忘了这件事吧。他妈的，这女人从来不肯与别人多说一句话，她忘了是她求我替什么崔先生做媒的。……也许她只肯与她的顶头上司说许多话吧？

我看看床头挂的日历，今天是星期六。为了安慰唐莉，我约她中午到那家叫"好"的茶馆去吃点心。关于那位等着见我面的男士，过几天再说吧。唐莉高兴地答应了。于是我赶紧起身洗漱。当我进城赶到那家茶馆的三楼时，唐莉已在那儿不客气地先吃上了，她看到我，眼神突然惊呆了。然后说，这家茶馆我从没来过，看上去并不好。你为什么还要到这里来？

她这么一问，我也有些奇怪，但我不吭

声，听她怎么说。

我坐下来先点了一杯龙井，要了一碗阳春面。

唐莉说，你和崔先生坐在什么地方？

我看看四周和环境，发现我和唐莉坐的位置就是我和崔先生坐过的，但我还是没吭声。

唐莉终于忍不住地换上不愉快的嘴脸，语气沉重地说，哼，我成天想着给你介绍对象，怕你寂寞。我看我是瞎忙。

我就说，有话你就快快说。刚才为啥看到我时眼睛瞪得像铜铃？

我从城里搬到乡下老镇的时候，把家里的所有的东西一股脑儿搬去了，碎布烂纸，瓶瓶罐罐，唯独没把镜子带去。我的新家一面镜子也没有，连卫生间里也没有镜子。我觉得镜子是一样不祥的东西，能削弱人的意志，让人产生正当的愿望。多看了它，它会让人模糊掉现实和幻想的边界。唐莉知道我没有镜子，就从包里掏出小镜子递给我。我照了一下就知道了。其实镜子有时候还是极有用途的，我乡下的家里要是有镜子，我马上就会知道我现在正处在一个女人的特殊阶段，我容光焕发，仿佛阳光下的花。这种样子证明了一点：爱情确实是存在的。

唐莉见我有点窘，便原谅了我，说，你十八岁我就认识了你，从来没见过你这种样子。怎么会这样？说实话，我太了解你了，你和我一样，不知道睡了多少男人。难道你又回到纯真的处女时代去了？笑话！我想这是一个笑话。

唐莉说话一向直率，有时候显得粗鲁，我从来不会追究她这一点，我也一向对她是实话实说的。我对她说爱上了一位不知名的僧人，我们到现在还没有互相认识。这件事有些莫名其妙，但我相信是天促成这段感情的。我对天充满感激之情，我又能感受到爱了，这一次是有生以来最好的一次。就连初恋也没有这么好。

唐莉大呼过瘾。然而她评价我的初恋说，你那个初恋真是天晓得，碰到那样的人……

不，我对她说，我现在觉得，我爱所有
的一切，我觉得那段初恋也是美好的。一切
都是美好的。

正说的时候，我看见了崔先生，他独
自坐在靠近卫生间的一个角落里，一定是来
晚了。又一次碰见他是不奇怪的，这家茶馆
原本是他定来与我见面的，想必他很熟悉这
里。他显得有些孤独，慢慢地喝茶，看着窗
下面的一棵梧桐树。他没看到我，我也没有
与他打招呼。

我便把崔先生指给唐莉看，对唐莉说，
这个人正派，善良，细心，严谨，可惜与他
无法把恋爱进行下去。你不要问我为什么，
不能就是不能。如果能的话，我会跟他结婚
的。我感觉到他会是一个特别好的丈夫——也
许是天底下最好的丈夫。可惜不能。

唐莉转头去观察崔先生。然后说，你真
的变了，连思维方式都变了。这么多年来，
你在感情上多少想得开，真的是拿得起放得

下，从来没见过你想要未来。

我说，我是变了。我想要未来。

说起未来，我告诉你：未来是一个辛酸的词，因为是不可知的，却又感到它那么亲切可知。

我是傍晚才回家的。崔先生早就走了，他始终没有看到我，只是一心一意地看着窗下面那棵梧桐。我回家前，先到桃花渡去看了一下。老曾的船不在。刚才下了一场阵雨，小玫瑰的坟上，那束太阳花已经活了，越发显得整齐精神，白色的花中，开了几朵黄的红的花，宣告一个小小的苦心得不到圆满的结果，也正是这样，越发显出苦心的可爱。

我站在湖边想了一想，决定再去清云岛。于是我又到了汽艇的渡口，停好车子，坐上汽艇进湖了。这是我三天中第三次踏上清云岛。每一次的感受都是那么有趣，但这一次我的感受是有趣中带着略微的恐惧。我看到岛上所有的路都通向清云寺，这些路像太阳的光芒一样呈放射状围绕这座寺庙。我也喜欢这种微小的恐惧，恐惧也是令人无比享受的。它混杂着好奇和盲目，既不是快乐的，也不是忧愁的，唯一让我能确定的是：我无知而单纯。我觉得我的心很小，十分敏感。难道真的像唐莉所说的那样，回到了初恋前的少女时代？我以前不喜欢我的少女时代，我出生于八十年代初，我一向认为我的少女时代深深地打上了九十年代的烙印，混乱、无序，甚至比外部的环境更失控。但是现在，我不再这么认为了，如果让我静下心来仔细回忆，我会回忆出一大堆可爱的东西。

从寺里出来了一个人，是老曾。他手里提了一个黄布大包，精神十足地哼着歌快步下坡。一看见是我，他不好意思地伸手捂住嘴，停下脚步，一脸愉快地问我，你是来，还是去？

我说，无所谓。我一个人闲着没事，上岛看看。

老曾说，那就跟我回去吧。我刚才送走

清定，又上岛拿他的衣服，他把不用的衣服都送给我了。

上了老曾的船，我看着脚下那个鼓鼓的大黄布包，就说，老曾啊，你说清定这个人是不是很忙？

老曾放下桨，两只手在上衣口袋里乱摸，说点根烟抽抽。我看他摸索出一根烟，就对他说，你把香烟抽完了再走，我又不着急。老曾真心诚意地说，我第一眼看见你就知道你是个好人。他把船摇到一大片荷叶边上停下来，点上了香烟说，我就是一个慢性子的人，清定天生的性子是急的，但他并不喜欢急，而是喜欢慢，所以我俩有缘。我是半年前认识他的，他带了好些书和衣服住到清云寺的居士楼，他不喜欢汽艇，就喜欢我这个慢悠悠的小船……时间过得真快啊，不知不觉都半年了，好像才几天。清定这个人和你一样是个好人。

我说，你总是把清定挂在嘴上，你肯定知道清定很多事。

老曾说，清云岛上的人都知道他的事。清定不是和尚，他是个居士。半年前住到清云岛，对住持说，一直想出家，又一直没出家。因为他的梦里的菩萨总是告诉他说，有一个女人是天下最好的女人，这个女人是他前生注定的配偶。然后菩萨还放出那个女人的幻相让他看，让他一定要找到。他找啊找啊，全世界都知道他在找梦里那个女人，找了她多少年，后来就到岛上住了，想再找她半年。半年里碰到梦里的女人就不出家，碰不到的话就正式剃度了。

老曾说，他住在清云岛，穿着别的和尚不要的破衣服，早经晚课，与和尚一样吃素。前几天他果然碰到了那个女人，与梦里长得一模一样。那女人看来也喜欢他。两个人说着话，不知道为什么说着说着就把话说没了。清定说，好像这辈子就等着这个人，就等着与她说上这些莫名其妙的话，才能把心里七大萝八大筐的东西全都放下。你说神奇不神奇？

我问，这是前天的事吧？

老曾说，对对，是前天的事。清定今天下午才走的，到浙江的一个寺里去出家了。是我送他走的，他看上去神清气爽，说他见到了这个女人，人生就圆满了。

2008年8月12日完成

香炉山

自从搬到白菊湾的花码头镇，我陆续结交了一些朋友：大道观的看门人老邬，花亚，旅行家江吉米，张小虎和他的母亲，乌兰、她的父亲老乌，罗汉芳……

近半年来，我没有再交朋友。原因是，花码头镇出了杀人案。一位性格孤僻的女士，在夜里被她的同居男友杀害。而且镇上的人都说她活该。没有结婚就同居，还引狼入室，这不是活该是什么？我虽说体格健壮，胆大妄为，但自从这件事后，我就谨言慎行，不太敢在夜里独行，也不太敢去结交他人。以免被人骂上一句活该。

今天下了一天的小雨，到了傍晚，雨停了。站在屋子西边的丝瓜架子边，朝北边望去，看到雨后的香炉山上，到处冒出白色亮丽的烟岚，轻如白纱。天空中拖曳着细沙一样的白云，白云之后，淡淡的蓝正在变紫。

今夜的月亮也是特别：粉桃色的一弯上弦月，清丽淡雅。它淋了一天的雨，化去了媚态和火躁，散发出惠心兰质。

舍不得这个月亮。因我从未见过这样的月亮。花码头的人，对极美的事物是形容"俊"，不说美丽，也不说漂亮，只称"俊"。

香炉山上看这样的"俊"月，应该是绝好的一件事。我穿上舒服的拖鞋和灯笼裙，拿了吃剩下的半袋原味葵花子，一面走，一面吃，仰面看着天上的月亮。我走的这条大路叫会稻路，还没有安装路灯，白天人来人往，通着六百路公交车。乡下人没有夜生活，一到夜里，路上杳无人迹，白蒙蒙宽阔平整的一条空路，闭上眼睛也可以走路的。

一条路，一个人，一个月亮。路两边是稻田，还没显亮的萤火虫在稻田里飞来飞去，却不落脚。一望无际的稻田里，有几处聚拢着蛙，精力充足地大喊大嚷。——大自然的声音，你不会觉得烦呢。

惬意地走着，还是看到了危险的东西：潮湿的路边，横躺着一只土黄色蝴蝶翅膀，有着咖啡色和淡黑色的波浪纹，比麻雀的翅膀略小一些。我心头一惊，朝前走了几步，又吓了一跳，路上又有躺着的蝴蝶翅膀，这回是一对，看来是从同一只蝴蝶身上扯下的。不知道为什么我想起镇上那个被杀的女人，杀害她的同居人说，并没有杀害她的念头，只是那天他心里不高兴，嫌她话多，掐着她的喉咙，直到她没有气息。她死了，杀人者先是痛快，过了一阵才感到害怕……至于伤心，那是再以后的事。

撕下蝴蝶翅膀的人，怕也是这种心理：并没打算杀死蝴蝶，只为了一时的痛快。

什么样的人寻求这种痛快？

但愿不是孩子！

我捧起这对蝴蝶翅膀，走回去把前面那

只蝴蝶翅膀也捡起来。为了不再让路上人践踏，我用树枝在路坡上掘了一个小坑，把它们葬了。

身后忽然有一个人说："旁边不是有一棵橘子树吗？怎么不埋在橘子树下？"

我抬头一看，边上真的有一棵结了累累小果子的橘子树，刚才又是恐惧又是难过，竟然没有看到它。再朝身后一看，见到那个说话的人了，一位年轻男子，穿着白衬衫和牛仔裤，身材极好，浑身上下充满削薄硬健的线条。令人看了，不由得眼睛一亮。天已经凉快了，他的手里还捏着一把蒲扇，有意地显得闲云野鹤似的。

——也不过眼睛一亮而已。这种年轻人，花码头镇上多得很，他们很聪明，一眼就能大致掂量出别人的身份家境。他们只对家境富裕的女性感兴趣，愿意与她们交往，成为干姐弟或干母子。那位被杀的女人，就是在路上认识了今后杀她的人，认了这个人做干弟弟，后来又同居了。

这个世上，蝴蝶要当心自己的翅膀，女人要当心自己的喉咙。我的眼神里一定流露出警觉和不屑，他的神情立刻现出了局促不安，掉头走下一个坡，朝北边的村庄去了。

我定了定神，决定继续我的行程。我恐慌，但我不想示弱。

他去的路正是我要去的，香炉山就在会稻路的北面。我不想跟在他的后面，以免被他看到了又回头来搭腔。我碰到过这种事，不止一次。陌生的男人对你感兴趣，千方百计地找机会搭腔。我决定朝西一直走，然后再找通向北边香炉山的小路。

我一直走到了蓝湖边。发育良好的蓝湖，还保留着远古的些许风韵，虽然说没有了史书上所记载的珍禽异兽和香草奇花，更没有传说中围湖一圈的水石，但是作为现代人，我早已学会珍惜眼前的东西，因为蓝湖正在缩小，我担心再过若干年，也许连湖水也看不到了。

担心和焦虑正在成为我们生活的一部分，所以我对你说，我具有的享乐精神是积极的态度，弥足珍贵。当人类在恐惧世界末日时，我正在让我的愉快成为未来的回忆。

我在蓝湖边找到了一条通往东方的小草路。我早已走过了香炉山，现在我要向回走，走过这条草路，再找到一条向北的路，才能到达香炉山。

天穹中的蓝变成紫，紫们变了灰黑，不久都隐去。天黑了下来，上弦月明亮得就像宝石一样，它太细，它的光照不到路上。现在是七点半钟，它要消失掉，起码还有三个多小时。我有的是时间，并不着急。

这些村子我从没有进来过。每次从会稻路上隐隐约约地看到它们，总觉得它们的构成很简单，一模一样的屋子，种着菜蔬和稻子的田地，大大小小的树，无非是杨柳、香樟、白果、玉兰……今晚进来之后，才知道我小看了它们。它们是错综复杂的迷宫。村与村转承口，路与路的交接处，没有任何文明世界的文字标志。它们隐藏的标志只有村里人才知道：谁家的白果树那边拐弯可以到达大路。转过谁家的那堵废土墙才能找到那顶小渡桥。从什么样的竹林里穿过才会走进另一个村庄……它们就像一个万花筒，不经意地一碰，就换了一个样式。又像魔方，拼错了一个环节，就错了整个方向。你也千万不要小看了那个独木桥，一根又粗又短的大柳木，横放在小河两头，它在老金家的屋后，另一头连着老王家的屋后。从老金家这头，走到老王家那头，才能从南边的村子转到北边的村子，才能找到上香炉山的小路。

我很快就在村子里迷了路，这是我没有想到的事。有些屋子我看到了好几遍，有些僻静的路陌生得让人害怕。走来走去，我发现我一直在几个村子里面转悠，总也出不去。这其间，我敲开过六家村民的门，但是他们指出的路径都是一样的复杂，我走着走着又迷了路。村民们对陌生人都很冷漠，都疑心重重。当我敲开他们的大门时，他们都会朝我身后看一眼，确定我的身后没有可疑人物时，才搭理我的问话。……到后来，我没有了办法，对一位开门的中年妇女说："我就住在花码头镇上，你带我到香炉山去，回头我付你一百块带路费。"中年妇女慢慢伸出手说："行。那你把钱拿出来。"我摸摸灯笼裙的大口袋，里面只有瓜子和家门钥匙，别的什么都没有。中年妇女说："没钱也行，你把手机押在我这边。"我只有苦笑。我是个享乐至上的人，在我享受生活的时候，身边从来不带手机。这个中年妇女并不像精明得冷酷的人，憨厚的黑脸，说话的声音小而胆怯，向我伸出的那只手不自然地微微晃动，像害着羞似的，但她最后对我说的话却那么斩钉截铁："什么都没有，那谁会相信你？你去找别人试试看，没有一个人相信你。"

信任的基础只是一只手机或一百块钱？

于是就关了门。

现在的问题是，我找不着到香炉山的路，也找不着回家的会稻路了。我在迷宫一样的村落里迷惑不已：不是说白菊湾的村民们是很热情淳朴吗？谁说过这句话来？我想起来了，我奶奶说过，我妈也说过。现在轮到了我，我该怎样说？

如果不是迷路的话，今夜会是一个很好的享受机会。我心里焦急，所见到的事物尽成过眼云烟，但是到了现在，时过境迁后，我可以从容地给你描绘一下这些村庄的美丽了。确实是美丽的村庄，每一个村子都被树木掩藏，路上铺着干净清凉的石块，村子里河道纵横，清澈的河水从每一户人家的屋前或者屋后流过，河水里穿行着一群群小鱼，在夜里唧喋有声。野菊花到处开着，竹林随风摇曳。所有的庄稼地都被辛勤的农人收掇得秩序井然，棱是棱，角是角，田地里看不见杂草，就如干净女人的床一样。

我抬头看看偏西方向的月亮，从它现在的位置判断，应该有十点钟了。我迷路两个多小时了。

我的耳朵忽然听到歌声。有一个男人在唱歌，并且这个人向着我走来了。我掏出一粒瓜子，迅速地和自己打了一个赌：瓜子掉到头上，今夜的好运气来到。瓜子掉到地上，好运还没有来。我把瓜子朝头顶上方一抛，瓜子不偏不倚正好落在了我的头顶。哈哈，好运来了！我头顶瓜子，站在那里，微笑着迎接这个唱歌的人。

唱着歌的男人走近来了，他停下步子。很显然，他看得出我不是村里人，有些明白我的处境。他等着我开口。我说："请问……"刚说了两个字，我就不说话了，我认出来了，这个人就是我刚才在会稻路上看到的，一个我拒绝与他搭腔的年轻人。我不太信任他。他的手里还是拿着蒲扇。

这时候，他也认出了我，站在那儿不吱声。

两个人面对着面，样子难堪。

还是他打破了沉默。

"你有什么事吗？"他的语气里没有一点生硬的成分，看来他并没有为会稻路上的事感到不快。这使我的心里生出了警惕。我并不流露出警惕的样子，他也许是我今夜唯一的指路人。我轻松地说："迷路了。难道陌生人就要永远在村子里打转吗？"他笑了，声音轻而得体，自信地说："碰到我就不一样了。我认识这里所有的路。"

我喜欢这种自信的口气，但是自信并不说明什么。

我决定不回家，而是继续我的既定目标，这有些冒险，这位突然冒出来的带路人更是一个危险因素。我跟在他的后面，问他尊姓大名，他云里雾里地回答我："苏家庄人，姓苏。"

他没有问我的姓名。我有些奇怪。

为了预防危险，我做了一件事：在暗地里捡了一小块砖头，对他说，我要给丈夫打一个电话。于是就转身避开他的视线，大声地对砖头说："你先睡吧。我还是要到香炉山上去看月亮。……没关系，小苏陪着我，他年轻力壮。……他是苏家庄人。"

把砖头放进口袋里，我转身对苏说："苏，今天真悲惨。我碰了无数钉子，没有谁肯像你这样带路的，有的要钱，有的冷若冰霜，拒人于千里之外。"苏淡淡地说："你运气不好。你要是碰到我燕姐姐和我老干娘的话，早就到了香炉山了。"

我跟着他穿行在一个又一个的小村庄里。我心里保持着紧张，苏却轻松地向我介绍每一个村子里的秘密："这棵广玉兰树是老叶家的，有一百年了。夏初开花，半树白花，半树紫花。不是嫁接的，天生就这样。我们都叫它夫妻树。"

我心里一动：苏这么说，是有含义吧？

苏又介绍："你看到这家人家门口的葫芦了吧？他家的葫芦上了菜市场，比别人家的贵一倍还不止——还供不应求，因为他家的葫芦每一只都是并蒂葫芦。真是少有。"

我的心里又是一惊：并蒂葫芦？暗示？

苏在一户砖木结构的屋子后停下来，用扇子柄指指它，神秘地悄声问道："你胆子大不大？说实话，大不大？"

我把这句问话放在心里迅速地盘算一下，这样回答："我胆子很大，我练过跆拳道，空手跟一到两个男人打架不会输。"

苏好像有些失望，一下子兴味索然。

我要的就是这种效果。

我马上来了精神，说："你怎么不说了啊？你继续说下去啊。"

苏叹口气，一边走一边头也不回地叙说道："这家人家的爷爷，十八岁的时候结了第一次婚。新娘子是镇上的大户人家闺女，很漂亮——就像你这样漂亮，结婚的那天夜里，男的起身上厕所，看见新娘在月光下梳头，新娘子头发很长，从梳妆桌上一直拖到地上——原来她把头拿下来了，放在桌子上梳头发。她个狐狸精，狐狸美女。"

这一次，我怀疑苏是在调戏我。我还从来没有被男人说成是一个漂亮的狐狸精，没有男人敢这么说我。

我装聋作哑，紧催着苏快点走。我不

怕他使坏，我给我的"丈夫"打过"电话"了，他会有所忌惮的。

从迷宫一样的村落里转出来，走到一条向着香炉山的直路。路的两旁边只有成片矮矮的野菊花，视野开阔。我这才轻松了一些，问苏："你还有干娘啊？刚才说的燕姐姐是谁？"

我马上就要让他离开我，从这里到香炉山的路，我熟悉。这条开满野菊花的路，北头连着香炉山，南边连着会稻路。我有礼貌地等着苏回答这个问题，回答完了就和他告别。

苏的话出乎我意料，他没有回答我的话，而是说："我陪你到了这里。礼尚往来，你要陪我到前面那个村子里去一趟。顺路的。我去看我的老干娘。"

苏指着前面的那个村子，村子就在香炉山脚下，我必经的地方。村里的一座屋子里，隐隐地亮着灯。

我对苏说："不行。我到香炉山就是去

看月亮的。你看，月亮马上就要落到天底下去了。"

苏说："是啊。月亮马上就要落下去了。你还没爬到半山腰的观云台，就看不到了，还不如陪我一下。"

我承认这一点。折腾了三个多小时，面临着打道回府，我心有不甘。也许苏已看出了我的心思，但是这与他是没有关系的，也不存在这样的礼尚往来。我绷紧了脸问他："那个村子里有什么有趣的东西吗？并蒂葫芦还是双色玉兰花？"我居高临下的口气没有打消苏的热情，他几乎是急切地说："跟着我，没错的。有很好玩的东西。走！"他走了几步，看我还在原地不动，跺一下脚，催我："快走啊！你没听说过香炉山上今夜会出现神灯啊？ 我们去问问干娘，她知道神灯出现的时辰。"

有许多时候，我的好奇心会超过理性，就像猫 样。我真的跟着苏走了。神灯？香炉山上的神灯？我从来没有听说过这回事啊。如果真的存在这件事的话，为什么我从来没有听说过？也许是现在的人们有意地忽略这种事，只对杀人之类的事感兴趣；或者这种玄妙的事纯粹就是乡村的秘密——只属于乡村的秘密，只在乡里口口相传。

这些看似平淡的乡村还藏着多少的秘密？乡村的路是不是在夜里都会化成迷魂之路？

苏的干娘叫夏婆婆。村口那座亮着灯的土房子是乡村的小教堂，将近十一点，这个时间在乡里是躺在床上做梦的时间，但还是有许多人在里面虔诚地做着祈祷。

苏带着我走进小教堂，正好大家都跪着，他也跪下了。我站着不动，他扯我，把我扯得跪下了。我有些恼火。我对他说我不信教。他说他也不信教，不信教的人难道就不能表达一下对神明的敬畏吗？我没有理由相信他这句话，跪了几秒钟就跑到门外去了，苏刚才扯我的动作太亲密，我想让他知道我们之间的距离。

一会儿，苏和夏婆婆从小教堂里出来了，站在我边上唠呱。

"今天是走来的？燕姐姐好些了吗？"满面起皱的夏婆婆问苏。她的脸真像一片脱了水的风干树叶。她的眼睛是亮晶晶的，吉祥温顺。

"好些了。刚才我去看了她。我一个星期没有去看她，她就是担心我变心，急出来的头晕。我去和她说说话，她也就好起来了。"苏回答。

"那你想不想变心呢？"

"想啊。"苏笑着说，听得出他是开玩笑，但是他瞄了我一眼，让我又气恼起来。真是见了鬼了！这种小土痞子。

"她那群金腰燕好不好？"

"一个个活得很开心呢。比她开心多了。"

"那你妈怎样呢？"夏婆婆换了一个问题。

"妈比去年的秋天好多了。她就是惦

记增寿。今天晚上，原本是她差我来看你老人家的，顺便问问增寿的情况。我看时间还早，就先去看了燕姐姐，她要我多陪陪她。所以我就来晚了。"

"增寿好着呢。"夏婆婆说，"每天早上老早就起来了，到处玩。脾气坏，火性大。胃口大，什么都吃。啊呦喂，真是的。上次把我的小花瓶打碎了，被我追着打了几下，倒乖巧了几个时辰。"

夏婆婆笑起来。苏也跟着笑。他们这样愉快，我感受不到同样的愉快。我猜到那个"燕姐姐"定是苏的爱人，他有了爱人，还对我这个陌生女人有非分之想？

现在是夜里十一点钟了，我的恐惧还在，又增加了对一个人的厌恶。我考虑着回家的事。

我咳嗽了一声。

苏马上问夏婆婆："干娘。我听说今天夜里香炉山上看得见神灯呢，你会占卦，知道神灯什么时候出来。"

夏婆婆极为聪明地瞟我一眼，犹豫地说："可能年纪大了，算不准。……多少年没算准，没人信我了。我昨天算出神灯是今天夜里十二点一刻出来……但是谁知道呢？谁知道它出不出来？啊哟，我知道了，现在天象气候都变了，它也就不准时了。"

　　这夏婆婆，她把失算推在天象气候的变化上。

　　这两个人极为严肃地讨论神灯的问题，不像是一个陷阱——至少有百分之八十的安全保证。我想。我略一踌躇，不去细究这百分之八十里到底有多少可靠的依据，下决心上香炉山一探究竟。

　　"燕姐姐是你的妻子吗？"在路上，我问苏。

　　"算是吧，但我们还没拿结婚证书。"苏说。

　　"男人就应对女人负责，不管有没有正式结婚。"我一本正经地说。这句话在我的耳边"嗡嗡"作响。为这句话，我一时倒怔住了：我什么时候变得这样软弱？也学会说这样的话了？

"增寿是谁？"我又问。

苏忍不住大笑起来。他笑得酣畅淋漓，看来他真是一个快乐的人。

"增寿是一只母鸡。"他说。

而后，我明白了一件事：增寿确实是一只母鸡，养着它是为了给苏的亲娘增寿，所以它就叫"增寿"。三年前，苏的母亲生了怪病，吃什么吐什么，连大医院也看不好。眼看着奄奄一息。后来，苏的父亲到花码头镇上的大道观去求签。去晚了，一个道士也没碰到。大道观的看门人老邬听了他的叙述，就对他讲，养一只"增寿"鸡也许有用。以前的人就这样做。男的用公鸡，女的用母鸡。这鸡一定要精心养护的，鸡死人也死，鸡活着，人也活着。于是，苏的父亲就到花码头镇的集市上买了一只健壮的小母鸡，回家的路上，交给了苏的干娘夏婆婆养着。苏的母亲从此没有了呕吐的毛病，活下来了。

苏讲完了这件温情的乡里故事，我心里有些安定：这些都是心地善良的人啊！

镇上的人不是都在说，那个杀人的人，平时脸上总是笑嘻嘻的，杂货店林家的孩子，不是被他抱过？还亲了一下……前两天看到一篇故事，说以前与汪精卫一起做汉奸的褚民谊，就在本市刑场被国民政府枪毙那天，还对记者说他的身体很好，可给医院作解剖用，心脏和骨骼尽数供给医学界研究之用。可见人是具有多面性的。夜深人静，荒郊野外，更要小心提防。

我不由得有些后悔起来。我是个女人，深知女性的弱点，爱吃后悔药就是弱点之一。现在到了山脚下了，来不及后悔了。

这时我又觉得苏有些怪异，他看得见夜里的一切东西：静悄悄藏在沼泽地里的白鹭，竹林里的野鸡，野苋菜下面的青蛙……甚至五、六步以外的一株兰花他都看到了。他把他看到的悉数告诉找，因为我不相信，他还朝一根竹子上投去一个石子，结果惊起一只野鸡。关于那棵兰花，我坚决不信。他和我打了一个赌：赌一个拥抱。我的好奇战胜了提防心理，欣然应战。我们一起走下路沿，苏用手电筒光一照，真是一株野生兰花草。于是我们走回路上，苏也没提拥抱的事。他还算识趣。

夜里的这些东西我都看不到，我暗自羡慕他。

你是鬼吗？我心里问了一声。他当然不是鬼，是我今夜特别乱，我患得患失，怕他这个人，也怕他这人是一个鬼。神灯一定也是一个可怖的事物，或是某个不祥的信号，神灯升起时，苏会不会转眼变成一个鬼？

"你，你见过神灯吗？"我战战兢兢地问苏。

"我只见过一次，还是八岁那年，干娘带着我上山来看了。"

"什么样子的？"

他回答："小小的一个火苗，边上一圈光晕。从山下什么地方晃晃悠悠地升起来，快到半山腰时，不见了。当时看到有六盏吧，一模一样的，我觉得有仙女在暗里提着它们，上了山，就把它们吹了。"

苏的故事很有感染力，不管是真是假，反正我听了这个故事后，不再想入非非了。我得承认，这个世界确实有一些使人心旷神怡的东西，哪怕只是想一想它们，也会得到有力的安慰。

到了香炉山上的观云台，窄窄的上弦月一下子不见了。它不见以后，我更觉得四周的寂静，一丝风也没有。放眼从半山腰望下去，下面就如一条黑漆漆的大河。看久了，双脚恍如腾空，魂若离世。苏坐我边上，坐得很近，我听到他坐下来的时候，惬意地叹了一口气，这不是微妙，简直是明目张胆了。苏在地上扯了一根狗尾草，轻轻地哼起一首歌来，看来他真是很享受这一刻啊。离神灯出现还有二十多分钟，我必须安然度过这段时间。我问苏："刚才碰到你时，好像唱的也是这首歌。"苏回答我："正是。一把钥匙配一把锁，哥是钥匙妹是锁……"他还想唱下去，被我打断了："你去看过燕姐姐了？你干妈说她有一群金腰燕。"

苏在淡薄的夜光里微笑，语气里也弥漫着笑意："嗨，这个人，各别。"

"各别"就是特别，有个性的人就叫"各别"。这里的人都这么说。

"——她就是一个各别的女人。人家像她这样的，一定到城里去发展了。她读完师范学院，就回村子里当了小学老师，语文、数学、体育，全教，一是爱孩子，二是舍不得小学校里的那群金腰燕。那金腰燕关她什么事？有一百多只呢，住在小学校后山上的木房子里。她经常带着小孩子们去看燕子，给它们投食。燕子也经常到她上课的教室里去看她。……所以，人家叫她燕姐姐。其实她叫齐阿巧。我问她，齐阿巧，你到六十岁的时候，难道还让人叫燕姐姐吗？"

"哟。这是一个好人，你要好好珍惜她，早点结婚，让她安心。"我决不放过任何机会敲打苏。

"正是。"苏说，"你看，我本来有许多机会出去发展的，但她不让我走。我就留了下来。"

我问苏："为什么不让你走？"这是我第一次对他产生出兴趣。

"她是怕我变心——女人都这样的。但是我这个人，走也好，不走也好。我在什么地方都会让自己过得舒舒服服的。"

"你为什么会这样？"我忍不住又问。苏好像没有想过他为什么会在任何地方都过得舒舒服服的。此时他认真地想了一想，竟说了一个让我想笑的理由：

"我会唱情歌！"

这话乍听之下让人发笑，细想一下，确有道理。

二十分钟过去了，我们没见到神灯从山下飘升到半山腰上。我觉得应该再等一下，就建议苏唱一个。苏有些不好意思，走到山崖边，背对着我，脸朝山下，蹲着唱：一把钥匙配一把锁，哥是钥匙我是锁。河水清清河水长，哥是橹来妹是船。春来满山鸟咕咕，秋来枫叶满山红。"

苏拖泥带水地唱完了，还是不见神灯。苏开始唱第二首情歌。他唱完后，我站起来向山下走去。苏追上来说："再等等看。我肚子里的情歌唱不完，唱到天亮都行。"

我没有搭理他。很快走下了山，走到通向会稻路的直路。苏在后面跟着我。这条路我认识，我加快步子，一面走一面对他说："你回去吧。谢谢你！我要快点走的，我丈夫在家里肯定着急了。"苏在后面说："不用你谢的，我也要穿过会稻路，苏家庄在会稻路的南边。"

我一直保持着匀速的快步，苏也一直跟在我后面看得见的地方。我气喘吁吁，他悠然自得地唱着歌。会稻路临近了，他停止了唱，小跑着接近我，在我的身后，我几乎感觉到了他的鼻息。

我猛地回过头，严厉地问他："你想干

什么？"

　　我感到旁边的树叶都一惊一乍。

　　苏不好意思地说道："我想送你回家。"

　　我看看这条路。我从没听说过这条路上出过什么事。我放缓了语气说："不必了。这条路很安全。"我真想对他说，他才是一个不安全的因素。

　　苏说："我送你，跟安全无关。"

　　"那和什么有关？"

　　苏说："跟一个男人的面子有关。"

　　显而易见，不是这个理由，但我想了一想，决定尊重他说出来的这个理由。

　　我依旧走得有些快，而苏一直落在后面，一会儿，他跑上来，递给我一只又大又沉的稻穗，该有一斤吧。说实话，我有生以来没见过这么大的稻穗，它匀称，散发着令人感动的气息。我的感叹还没结束，苏又递过来一枝野菊花，黄色的，微微沾上些露水，显得润而沉厚。它枝叶繁多，放在手上成一大捧，每一朵花儿都光泽亮丽。我"啊"地发出一声，我感觉到我的内心就在此时轻松畅快了。哦，许久没有这样的心情了。

我把稻穗和花放在一起，两样不相干的东西在一起竟然如此和谐。

苏喜笑颜开，大声说："谢天谢地，你终于高兴了。"

这句话感动了我。"谢谢你！"我真诚地说。到现在为止，与苏待了四个小时，这是我对他仅有的一次真诚。

花码头镇上一片灯光，我看得见我住的地方了。我停下来，意欲告别。

苏说："其实是我要谢谢你。我去年夏天第一次在蓝湖边上看到你，你穿了一件绿色的裙子，像仙女一样。昨晚，我在这条路上看你埋蝴蝶翅膀，心里想，不愧是一个仙女。人家都说有学问的女人不漂亮，你是一个例外呢。……所以就想着和你说说话。我实现了这个愿望，是我的幸运。"苏的言语里透露出一丝不自信，不多，但足够让我知道，他是因为爱，才显出不自信。

苏难道早就暗地里认识了我？

苏忽然调皮地说："再见，艾我素老师。"

苏说完就走。远远地，我突然看见他在路上快乐地蹦跳着走路，那把扇子在他身边挥舞。……天，与他在一起，我也有了夜视的能力了？

苏知道我的姓名，他是认识我的，但我不认识他。他一定知道我许多事，譬如在大学里教书，写诗，写童话，独身，火暴的脾气……住在花码头镇后面的小区里……

那么，这砖头手机，给子虚乌有的丈夫用砖头打电话……

我想他早就看穿了我的把戏。

这个积极的人并不吹毛求疵，他实现了愿望，快乐了。而我呢？我怎么评价我度过的这一夜？他感到的是爱，我感到的是恐惧和厌恶。我自认为是一个很享受生活的人，却白白失去了一个享受愉悦的机会。

我是一个积极的人，我要重新享受一下昨夜风景。

　　回到家里，我开始给自己洗尘接风。我在院子里的瓷桌上放了三只酒杯，一只敬天地，一只代表苏，一只是我的。杂货店林家的花雕黄酒，五块二毛钱一斤，便宜而好喝，味道纯正雅致。苏给我的稻穗和黄菊花横放在瓷桌当中，在微微的晨曦里，它们各自显示出令人惊叹的对称之美。回想昨天一夜，浑身如沐春风：最初粉红色的上弦月，美丽的迷宫一样的村庄，苏的情歌和有趣的故事，乡村小教堂，干娘和燕姐姐，"增寿"鸡和金腰燕……我尤其感谢苏给我的一夜之爱。我知道，此夜之后，我会驱除怯懦，就像从前那样无所畏惧。

　　我端起酒杯碰碰苏的酒杯，说："苏，祝你妈妈长寿！祝你和燕姐姐一生幸福和快乐！"

2009年7月21日—7月25日写于浦庄

2009年7月26日修改